——·郭沫若的

三十個剪影

邢 小群

序

何兆武

　　這本書是一部郭沫若的評傳。郭沫若在當代文學史和文化史上的地位當屬於超級巨人行列，繼魯迅之後一人而已。有關郭沫若的評傳，無論是專著還是單篇文章，多年來已為數甚多。本書能鉤玄提要地刻劃出了一代文化巨人兼政治活動家的一生事蹟、功業和他的思想面貌，而又能實事求是，要言不繁，足見作者的史學與史才。本書不僅是縷述史事而已，且始終貫穿著深刻的洞見與論斷。能不為賢者諱，不失公正與客觀，足見作者的史德與史識。在諸多有關郭氏的論著中，作者本書是我看到的最為可讀的一種，當可成為傳世之作。

目次

故鄉

　　郭沫若的家鄉人形容自己的鄉土子弟常愛用有「綏山毓秀，沫水鍾靈」。這綏山是指峨眉山橫亙者的第二峰，沫水便是大渡河。這樣說，真是文氣得很。面對這等黛綠蒼茫的山巒，這等湍急野性的河流，那滲透於血液與性情的會是怎樣一種生命呢？

　　郭沫若的故鄉在大渡河西南岸的沙灣鎮。沙灣位於峨眉山下，大渡河畔，在今樂山縣境內。這小鎮並非因出了郭沫若才有名氣，而先前就很出名，原因是常年和官府鬧事的土匪大多出自大渡河，而大渡河的土匪頭領多出在沙灣。

　　郭沫若說，土匪儘管這麼多，但生在大渡河的人並不覺得他們怎樣可怕。因為他們雖然「兇橫」，明火搶劫，卻在本鄉十五里之內絕不生事。郭沫若的父親曾做過雲土（鴉片）生意，常派人到雲南採辦。有一次，在離家三十里的地方遭了搶劫。挑腳人逃散，只剩下採辦人回來。事出後第二天清晨，郭家打開大門的時候，被搶劫的雲土原樣放在門口。還附有一張字條，意思是：得罪了，原以為是外商的東西，現將原物歸還原主。兔子不吃窩邊草。「凶人」的「人性味」也都留在了家鄉故里。鄉里之間，相安無事。

　　1892 年的陰曆 9 月 27 日，郭沫若出生了。傳說他是腳先下地。他說：「這大約是我的一生成為了叛逆者的第一步。」母親還說他受胎的時候，夢見一頭小豹子突然咬了她的手，便被驚醒。所以給郭沫若起的乳名叫「文豹」，因為大排行第八，又叫「八兒」。豹子

「靈」而「猛」,「文」字也許寄寓了大人的某種期望。這個生性極不安分的孩子,後來確實幹起了文化事業。

郭沫若學名開貞,號尚武;後來的筆名叫沫若,取自故鄉的兩條河流——沫水和若水。沫水即大渡河,若水即青衣江。青衣江古代又稱平羌江,是當地一條有名的江流。有人考證李白的詩句:「峨眉山月半輪秋,影入平羌江水流」,寫的就是這裏。我去過樂山,瞻仰過那裏依山臨江、頂立天地的大佛。大渡河和青衣江在大佛前不遠處合攏,形成大佛的汪洋之襟。大渡河在鐵索橫貫的山峽中洶湧咆哮,只有到了大佛之襟處才徐緩祥和起來。

郭沫若就生長在這片水土之上。這裏的山水風情,給了他激烈不羈的反叛情緒;也給了他恣肆俊逸的詩情;後來的他性情變了很多,不知是否和他遠離了這片鄉土、山水的滋潤有關。

人是深不可測的,和大自然的深不可測一樣。

少年

郭沫若的祖先，是背著兩個麻布袋從福建汀州寧化移入四川，慢慢地在大渡河的這片彎曲處發跡。到郭沫若記事時，家裏也算是一個中等地主了。

郭沫若的父親郭朝沛 13 歲便去學徒，因為家裏已沒有供他上學的費用。青年時候做生意很有辦法，什麼生意都做過，釀酒、榨油、賣鴉片煙，兌換銀錢、糶納五穀、居然使家業在自己的手裏恢復起來。他還懂得一些醫道，能開單方，據說「靈效如神」，是鄉里很有些威望的「能人」。

郭沫若回憶：「父親給我的印象是很陰鬱的，愁苦的。在我已有記憶的時候，我覺得他已經是滿臉的愁容」。他從父親的愁容中得到的多是「存厚」，少有商人的「精詭」。

郭沫若的父親因為早年失學，所以對兒輩的教育很費心思，在郭沫若出世前六年，就請頗有名望的廩生來家中開設綏山山館執教。郭沫若四歲半時，自己要求發蒙讀書。他自幼受母親杜邀貞的影響，喜歡詩歌。外祖父原在貴州黃平州做州官。就在杜邀貞一歲時，遇到苗民「造反」，因為城池失守，夫妻自殺殉節。杜邀貞由奶媽救出，逃到四川樂山杜家場，十五歲嫁到郭家。郭沫若說：「和父親的風貌正成反照的是我的母親。母親給我的印象是開明的，樂觀的。」母親從沒讀過書，可單憑耳濡目染，也識得一些字，且能默記許多唐宋詩詞。母親教他的「翩翩少年郎，騎馬上學堂。先生嫌我小，肚內有文章」，對他頗有吸引力。他說：「我之所以傾向詩

歌和藝術，首先給予了我以決定影響的就是我母親。」當他還在呀呀學語的時候，母親就已教他背誦了許多唐宋詩。但入了學堂，感覺不像歌謠中說得那麼快樂了。入塾尚無三日，就逃起學來，讓人笑稱「翹課狗」。逃出後，再由父親抱回學堂。家塾的規矩，是白日讀經，晚來讀詩。比起白日為讀經書手掌被打出血，腦袋被打出皰塊，經常罰站、罰跪，晚上讀詩便是享樂。郭沫若說他自小喜歡王維、孟浩然、李白、柳宗元，不甚喜歡杜甫，更痛恨韓退之。他後來賦詩、對句出口成章，與私塾時受的「詩刑」有關係。那「詩的刑罰」，便是讓還沒有多少生活、風物感覺的孩子天天作對子。他說：「這東西真把我苦夠了。我發蒙兩三年之後，先生便要教我作對子，起初是兩個字，漸漸做到五個字，又漸漸做到七個字以上。」「但這些工作的準備，即讀詩，學平仄四聲之類，動手尤其早，自五歲發蒙所讀的《三字經》、《唐詩正義》、《詩品》之類起，至後來的《詩經》、《唐詩三百首》、《千家詩》之類止，都要算基本工作。」

　　傳說，有一次郭沫若和同學偷吃了廟裏的桃子，事發，先生追問，無人承認。於是私塾先生出了一個對子的上聯：「昨日偷桃鑽狗洞，不知是誰」，並說，誰對上了，免罰。郭沫若對曰：「他年攀桂步蟾宮，必定是我」。老師喜其才，免除了對全體人的責罰。另一則故事：一秋節，家裏讓郭沫若給老師送去節禮錢，郭沫若把錢花了。先生暗想，郭家過去從不失禮，這次怎麼沒有送，就出了句對子責問：「竹本無心，遇節豈能空過？」郭沫若聽出弦外之音，對曰：「松原有子，過時儘是乾包。」意思是我家原有備禮，不過被我用了，好像掉了籽的松包，空空如也了。這傳說是真是偽並不重要，但老師出句之雍容，學生回答之機靈，倒像郭沫若自述中一些童年的情景。

　　有一首五言律詩〈村居即景〉，據說是發現的郭沫若最早的詩歌。詩是這樣的：

閒居無所事，
散步宅前田。
屋角炊煙起，
山腰濃霧眠。
牧童橫竹笛，
村媼賣花鈿。
野鳥相呼急，
雙雙浴水邊。[1]

對仗很工整，音韻也和諧。當時郭沫若十二歲。

有一點也值得注意，他對經學（《易經》、《書經》、《周禮》、《春秋》）和古籍學問，及抄寫《說文部首》，讀段玉裁的《群經音韻譜》，儘管不感興趣，可都是少年時打下的扎實的底子。當然給他印象深的還是：「我們一面讀《左氏春秋》，一面就讀《東萊博議》（宋呂祖謙著，又稱《東萊左氏博議》。該書以《左傳》所記某些史實為題加以評論，是舊時初學寫文章的入門書）。兩者的文章都比較好懂，而且也能發明。這真是給予了我很大啟發。我的好議論的脾氣，好做翻案文章的脾氣，或者就是從這兒養成的罷？」所以他 1927 年逃亡日本時，便能很快進入易經、尚書、甲骨文研究，寫出不少著作。郭沫若還是很感激他的發蒙老師沈煥章。他說，沈儘管打過他，但「不是他要打我們，是當時的社會要他打我們的」，他「不是出於惡意，」他是「專以兒童為本位的人」。比如，他能得風氣之先，將當時上海出版的發蒙教科書，如格致、地理、地質、東西洋史、修身、國文當課本拿到家塾裏當課本。一本《算數備旨》，先自己學一遍，然後教給他們，使他們從加減乘除一直學到開方。郭沫若後來對沈先生的理解是深刻的。在當

1　見龔濟民、方仁念《郭沫若傳》第 8 頁，北京十月文藝出版社，1991 年。

時，兒童只是家長的附屬物，不能有自己的意志。能以兒童為本位，把他們視為與時代生活不可分割的成長中「人」，確實是罕有的見識。

後來郭沫若先後到樂山高等小學、嘉定府中學、成都高等學堂分設的中學讀書。他總是輕鬆拿到考試成績的前幾名。「在中學裏面感覺興趣的仍然是經學。」這一方面與他在家塾所受的薰陶有關，一方面也說明那時的學校並沒有多少新知識給學生，妄擔了現代學堂的名聲，「講地理的人說朝鮮在中國的南方；講生物的人把烏賊的嘴當成肛門；甚至連講國文的人，不懂得「望諸君」是樂毅的封號，而講為『盼望你們諸君』。一個英文老師⋯⋯幾個拼音就教了我們半年。」使像郭沫若這類少年學子，空有才智，無處吸納與施展。所以郭沫若青少年時期有過很多荒唐的、連他自己都討厭自己的墮落的行為，吸水煙、吃花酒，鬧戲場，他說自己「差不多是十處打鑼九處在的人」。因此，他也總是學校風潮中領頭鬧事的人，曾先後三次遭學校斥退。而反抗的也並不是什麼「原則」或令人「震撼」的事情，無非是要求星期六多給半日假；為一朋友的不公平被斥退鳴不平，等等。他的不安分的個性在這個階段得到了充分體現。他的積極參與和天性的反叛性格，也可以在這一階段找到依據。

當時，任何開風氣之先的新鮮東西，郭沫若都不錯過，這也是那個時代青少年反叛行為的精神給養。比如梁啟超辦的《清議報》，郭就喜歡讀，還有梁啟超著的《義大利建國三傑》，譯的《經國美談》等書，讀得令他心醉。他後來說：梁任公「是生在中國的封建制度被資本主義衝破了的時候，他負載著時代的使命，標榜自由思想而與封建的殘壘作戰。在他那新興氣銳之前，差不多所有的舊思想、舊風習都好像狂風中的敗葉，完全失掉了它的精彩。⋯⋯就是當時的有產階級的子弟——無論是贊成或反對，可以說沒有一個沒

受過他的思想或文字的洗禮的。」而林琴南譯的小說，對他後來的
文學傾向也有決定性影響。

　　1911 年的辛亥革命，是郭沫若當時印象最強烈的一件事。革
命被推進到最基層，政權和制度卻毫無實質性變更。郭深有體會地
說：「於是乎我們家鄉鬧過的那一幕便成為悲喜劇了」。這與魯迅的
感覺相似。

第一次婚姻

1912 年，郭沫若接受了一件父母為他造就的令他終身悔恨的事——與張瓊華的婚姻。

這件事，不能全怪郭沫若的父母。早在 10 歲之前，郭沫若訂過婚，但女方早夭。他受舊小說中的風流，新小說中的情愛的誘惑，從 14 歲起，就不願從速訂婚。對自己未來的婚姻心存著「水底月，鏡中天」的希冀。父母體諒他不願早訂婚的心理，每有婚事提說，都徵求他的意見。在他的推卻中，先後有四、五十處人家來提過婚。一次有人給郭沫若說了一位姓王的姑娘，此時他的五哥剛剛死去未婚妻，家裏就把那女子許給了他的五哥。這位五嫂與郭沫若同齡，郭沫若曾這樣描寫過她：「小巧的面龐，雙頰暈紅，雙眉微顰，眼仁漆黑……高矮適中。」五嫂的父親是做縣視學的。郭沫若上學時，經常打從她家的房前過，他見過她髮才覆額偷偷向外看的模樣。後來五嫂說，在她們家的一張小學堂畢業生的相片上，對郭沫若的形象印象很深：「人又小，要去站在那最高的一層……把胸口挺著，把頸子扛在一邊，想提高你的身子。……那也正是你的好勝心的表現。你凡事都想出人頭地，凡事都不肯輸給別人。」這當是家中女眷中的紅顏知已了。想來她家曾想給郭沫若說親，不能說沒有她本人的屬意。不想這五嫂，結婚當年生了個男孩兒，生產三個月後得「產後瘵」死去，臨終前呼喚的竟是遠在成都讀書的郭沫若：「八弟！八弟！你回來了，啊，你回來了！」為此，郭沫若很是感傷。想當初，五嫂在娘家時，幾乎與郭沫若同時得了傷寒，又同時病好。

郭沫若的四姐後來說：「你兩個幸好不是夫婦。假如你們是夫婦，別人會說你們是害的相思病呢。」郭沫若病好後，留下了中耳炎、脊椎炎的病症。五嫂的後遺症是輕微的肺結核，這種病是不能生孩子的。可見，在無知的社會裏，中國女子的性命是何等的細若游絲。即便如此，比起郭沫若和他五哥的「未婚妻」來，五嫂算是來去有痕的。因為有那深諳的相許，又因為有那識破了的「知己」。郭沫若說：「在我心中印著一個不能磨滅的痕跡。只要天上一有月光，總要令人發生出一種追懷的悵惘。」

郭沫若十九歲時，母親開始擔心他會成為鰥夫。未經他首肯，就定下了與張瓊華的婚姻，郭沫若默許了。來說親的遠房叔母在他家人印象中說話很有信用。她說，那女子人品好，在讀書，又是天足；這位遠房叔母還瞭解郭沫若的心思，知道他傾慕於他三嫂的美貌和五嫂的人品。所以她對郭家人說，張家姑娘決不會弱於郭家任何一位姑嫂，「人品和三嫂不相上下」，這就給郭沫若留下了期待，幻想著家裏包辦的姑娘能和他三嫂的兩隻手一樣，有著像粉裳花一樣的顏色。她的容貌若真的如山谷中的幽蘭，原野中的百合呢？因為他的一個弟弟、兩個妹妹都已定了婚，他的婚事再拖下去，就要影響弟妹們的佳期。況且他已二十當齡，再說婚娶尚早，已不能成為藉口。出於對母親的體諒，他同意了這門親事。但結果是，新娘一下轎：竟是三寸金蓮！「啊，糟糕！」他心裏一驚，這是第一個糟糕；待掀開頭蓋一看，沒有看見什麼，只看見「一對露天的猩猩鼻孔」，正對著他。這是第二個糟糕。他二話沒說返身走出了洞房，感到受了莫大的欺騙。他覺得，自己恰被家鄉的諺語言中：「隔著口袋買貓兒，交訂要白的，拿回家來竟是黑的」。母親苦苦勸慰，甚至責備他不孝：「你這不是做兒子的行為，也不是做人的行為……」事已至此，他不得不妥協了。他說自己是在家裏的逼迫下失去了「童貞」。從此悲苦不堪。

　　後來，郭沫若在一篇文章中談到原配張瓊華時，戲謔她為「黑貓」。張家與郭家也算門當戶對，張瓊華的父親中過秀才，家有兩百多擔田租。張瓊華讀過私塾，學過《女兒經》、《烈女傳》。郭沫若在標題為〈黑貓〉的文章中說：「我一生如果有應該懺悔的事，這要算是最大的一件。我始終詛咒我這項機會主義的誤人。……她不是人品很好，又在讀書嗎？她處的是鄉僻地方，就說讀書當然也只是一些舊學。但只要她真正聰明，舊學也有根底，新的東西是很容易學習的。我可以向父母要求，把她帶到成都去讀書，我也可以把我所知道的教她，雖然說不上是愛情的結合，我們的愛情不是可以慢慢發生的嗎？——是的，這便是我的機會主義。」其實看照片，張瓊華並不像郭沫若寫的那樣可怕。她可能與他的理想中人差得遠了些，就讓他形成一種成見性看法。

　　郭沫若到日本與安娜同居後，曾幾次寫信想和張瓊華解除婚姻關係，都招來父母的指責。郭沫若怕傷父母的心，也擔心張瓊華想不開自殺，所以不得不打消離婚的念頭。對於這一切，張瓊華恐怕是不知道的。她常去「求菩薩保佑我夫平安無事」，每天都要把結婚時的傢俱擦拭一遍，這成為她生活中一項重要內容。她以這種方式盼望著，終於在 1939 年 3 月，郭沫若父親病重時，等來了郭沫若的返鄉省親。這時距郭沫若離家已 26 年。郭沫若的母親是 1932 年去世的，當時郭沫若還在日本。郭母知道八兒在日本已有一妻子，擔心瓊華將來無所依靠，臨終時曾有遺囑：「他日八兒歸來，必善視吾張氏兒媳，毋令失所。」郭沫若聽了母親的遺言，又聽家人敘說多年來張瓊華如何侍奉他的父母，便對張行了三個長揖到地的大禮。為了向張表示感謝，郭沫若還給她題了兩首詩，短跋中特地寫上了「書為瓊華」四個字。並逗趣說：「如果往後沒有錢用，可以拿它賣幾個大洋。」張惶恐萬端，說餓死也不會去賣。

　　這年 7 月，郭沫若的父親病故，郭沫若偕于立群和他們剛出生不久的兒子漢英回來奔喪。張瓊華把自己的臥室、也是當年與郭沫若的洞房讓給郭沫若和于立群，並買雞買魚盡心照顧于立群母子。再麻木的人，這也是一種心靈的傷害。我們只能看作是張瓊華無奈中的善良吧。況且自己沒生育，把郭的骨血視為己出也是可能的。郭父喪事辦完，郭沫若與于立群從大佛壩乘飛機返回重慶，張瓊華與家人一起去送行。知道丈夫已不屬於自己，這心如枯井般的女人將怎麼打發日子？她把郭沫若在其父死後寫的長達七八千字的〈家祭文〉背得滾瓜爛熟，常常淚水盈眶。

　　郭父去世之前，曾把家產分給兒子，郭沫若名下分得有數十擔租穀。由誰來掌管並享有這部分租穀，家裏人意見不一。有的認為應該給張瓊華；有的則認為張氏與郭沫若只有夫妻名分，無夫妻之實。為此寫信給郭沫若。郭明確回覆說：「全部歸張瓊華支配。她孤身一人，只會幫家事，沒有別的收入，就靠這些租穀過日子。」

　　1949 年以後，沒了租穀，郭沫若每月給張瓊華寄上基本生活費。

　　1963 年，張瓊華在侄女的動員下，到了北京，想見見郭沫若。郭卻沒有同她見面。郭沫若身邊的工作人員遵囑陪她到故宮等處遊覽了一番，並為她買了一隻鋁鍋、一塊燈心絨和其他生活用品。工作人員勸張瓊華在北京多住些日子。張說：「他太忙了，我不能在這裏分他的心。」便悄悄地走了。

　　張瓊華在郭家做了「一世的客」，守了一輩子空房。死時 90 歲。

安娜

　　和張瓊華結婚以後，郭沫若的心情頹喪到了極點，一心想儘快離開家鄉。

　　1913 年，天津的陸軍軍醫學校到各省招生，四川考取了六名，郭沫若是其中的一個。郭沫若並不想學醫，只是想利用這個機會離開四川。郭沫若的理想目標是遊學歐美，其次是日本，再其次是京、津、滬。但他還是放棄了天津的學業，到北京找他的大哥，希望另尋它途。大哥郭開文，比他長十四歲，是科舉停止後由省裏官費送往日本的第一批留學生，學的是政法經濟，日本東文學堂畢業後，在司法部做過小京官，辛亥後做過四川軍政府的交通部長，而是時，正在做有其名無其實的四川駐京代表。正好，大哥有個朋友要去日本，就決定送他去日本學習。大哥給他帶的生活費用，僅能維持半年，叮囑他一定要考上官費學校，不然將來的學費難以為繼。當時中國學生留日的官費學校只有四個，即東京的第一高等學校、高等師範學校、高等工業學校和千葉的醫學專門學校。這四所學校，都是夏季招生，並且很難考取。郭沫若的五哥在日本用了兩年時間，都沒有考上官費學校。這對郭沫若來說，精神壓力可想而知。他沒有退路。到日本後便拼命學日文，補習數理化，終於在半年之後，考上了官費的第一高等學校。

　　日本的高等學校，略等於中國的高中，屬於大學預科，在應考時就得分科。在當時這所學校有三個部：第一部專修文哲、法政、經濟等科；第二部為理工科，第三部是醫科。郭沫若說他厭惡法政

經濟，不屑學；覺得文哲無補於實際，不願學；理工科最切實際，可數學是畏途，不敢學。於是選擇了一高醫科。此時，他的心情與當初投考天津軍醫學校已不大一樣了，開始要認真學一點醫，「來作為對於國家社會的切實貢獻。」正如他後來所回憶的：「我初到日本來時，是決心把這個（文學）傾向克服的。二、三〇年代前的青少年差不多每個人都可以說是國家主義者。那時的口號是『富國強兵』。稍有志趣的人，都想學些實際的學問來把國家強盛起來，因而對文學有一種普遍的厭棄。」日本的醫學承襲德國衣鉢，學了德文才能學醫。德文課很重。除德文外還有英文、拉」文及數理化、動植物等主要基礎課程。在學習上，郭沫若毅力驚人，最不喜歡的數學竟然能在全班名列第一，可見他的奮勉。以後他又轉入岡山六高。1918 年夏天，郭沫若升入福岡九州帝國大學。

由於投考時過度用功，考上一高後又發奮苦讀，加上生活的困難，使郭沫若的身體受到很大影響。他說：「在一高預科一年畢業之後，我竟得了劇度的神經衰弱症，心悸亢進……一夜只能睡三四個小時，……記憶力幾乎全盤消失了。讀書時讀到第二頁已忘了前頁，甚至讀到第二行已忘卻了前行。頭腦昏眩不堪，熾灼得如像火爐一樣。我因此悲觀到盡頭，屢屢有想自殺的時候……。」就在這時，他結識了佐藤富子。他以後的文學成就也與這位女性有著很大關係。

佐藤富子是日本仙台人，出身牧師家庭。祖父、父親都到過中國。她曾就讀美國人在仙台辦的一所教會學校，畢業後學看護，到東京京橋區聖路加醫院當看護，信仰基督教。郭沫若在聖路加醫院為料理友人陳龍驥的後事時，認識了佐藤富子。佐藤富子一米六七左右，皮膚白嫩，體態豐潤，性情善良。郭沫若初見她時，感到她眉目之間，有一種不可思議的潔光。當佐藤富子知道郭沫若是學醫的，對他的好感加深了。她在給郭沫若的第一封信中，談到了自己

從上帝那裏獲得的憐憫與普眾的同情心。所以佐藤富子在郭沫若眼裏就如聖母瑪利亞一般。郭看張瓊華像「黑貓」，看佐藤富子像聖母瑪利亞，這與他當時的心理有關係。他為國內的婚姻所困苦，又身處異邦，苦悶和寂寞，加上個人身體頑症帶來的痛苦，這個女人又何嘗不是他的「空谷幽蘭」、「山中百合」？郭沫若在給佐藤富子的信中說：「我在醫院大門口看見您的時候，我立刻產生了就好像是看到聖母瑪麗亞那樣的心情，您臉上放出佛光，您的眼睛會說話，您的口像櫻桃一樣。您到現在一定救助過無數的病人，我愛上了您。我忘不了同您的那次談話，我離開家鄉已經兩年，在異鄉非常寂寞。」這應該說是郭沫若在身心有著莫大需求中愛上的女人。他覺得在此之前自己死屍一般的身體，有了新的生命。他給佐藤富子取了一個聖潔的名字：安娜。

　　書信來往了幾個月後，郭沫若對安娜說，你既然矢志獻身慈善事業，只充任一個看護婦，未免不能充分地達到目的。他就勸安娜離開醫院，進女醫學校繼續學習。他說，可以兩個人共同使用他的官費。當時日本的女子醫學校每年三月招生，年底放了寒假，考期已經迫近，郭沫若專乘跑到東京，接安娜到福岡準備考試。從此他們便生活在一起。事前，郭沫若考慮到自己「童貞早是已經破壞了的」，便將結過一次婚的情況如實訴了安娜。安娜對此並不在意。

　　郭沫若非常感動，曾以一篇優美動人的散文詩贈予安娜，內容大意是：在近海的一處石窟穴中，有一條小魚快要乾死了。它是被猛烈的晚潮拋到這兒的。清晨，一位美麗的少女唱著歌走來，她的腳印，印在雪白的沙岸上，就好像一瓣一瓣的玉蘭。她到岩石上來，無意間看見了那條將死的魚兒，不禁湧出幾行清淚，淚滴在窟穴中，匯成一個淚池。少女淒淒地走了，小魚漸漸蘇活了過來。這散文中美麗的意向，足可表明郭沫若心中的安娜。

　　他們的結合，沒有得到雙方家庭認可。郭家自不必說。佐藤家是嚴格的基督教徒，沒徵得父母同意便同一個不信教的中國學生結合，這於教規，於當時日本世家的風氣，都是不能見容的，安娜受到「破門」懲處。後來，安娜考上了女子醫校，學習了幾個月，就懷孕、生育，中途輟學了。

　　郭沫若與安娜同居，前後二十年，有過 5 個孩子。困苦相依，都吃盡了苦頭。在他們第二個孩子博孫剛生下第三天，與郭沫若通信多時的田漢第一次從東京到福岡看望郭沫若。當時郭沫若正在廚房燒火煮水，不顧煙薰火燎，一面做家務，一面與田漢談話。平日寂寞的郭沫若，這時高興得難免不想到「談笑有鴻儒」，並自然地說了出來。說話間，安娜正下樓來準備為嬰兒洗澡，田漢順口說了一句：「往來有產婆」。本來是玩笑之語，郭沫若聽了，「感到受了不小的污蔑。」心說：「他卻沒有想到我假如有錢，誰去幹那樣的事？」不過郭沫若還是能原諒田漢的。他說，他那時還年青，還是一個昂首天外的詩人。郭沫若又何嘗不是呢？接著是連續兩天陪田漢到福岡附近名勝去玩，使產後五六天的安娜累得斷了奶。後又因人工哺養不得法，導致食物中毒，差點要了孩子的命。不過，當時已深負詩人聲名的郭沫若給田漢留下的第一印象並不是很好。田漢回東京，路過京都見到鄭伯奇時不免感歎：「聞名深望見面，見面不如不見。」這正是當時郭沫若精神面貌的剪影。

　　1923 年 4 月，醫科大學畢業，郭沫若攜妻兒回國。從這時起，他決心棄醫從文。安娜發愁今後的生活來源。他說：「當醫生有什麼用？我把有錢的人醫好了，只會使他們多榨取幾天貧民；我把貧民醫好了，只會使他們多受幾天富人的榨取。叫我這樣傷天害理地去弄錢，我寧可餓死。」以至於家人給他辦好重慶紅十字會醫院醫務主任的高薪職位，他都拒絕了。但回國後，生活沒有保障。安娜只好帶著孩子們再回日本，想繼續學她曾中斷的產科，以養活家

小。後來郭沫若又因受到通緝，在國內待不下去了，也隨後再次旅居日本。又過了 10 年之久的亡命生涯。

1937 年抗日戰爭爆發，郭沫若決心回國參加抗日。安娜因為嫁給了「支那人」，在日本受到歧視；因為掩護郭沫若回國，又遭牢獄之災和皮鞭吊打。郭沫若回國抗戰，安娜在日本繼續受苦。1937 年 12 月南京淪陷，法西斯分子圍攻安娜，問她作為敵國之妻，你有何感想？安娜始終不開口。郭沫若走後，安娜忍辱負重，靠租地種菜，獨自挑起生活重擔。郭沫若曾因安娜而「立定大戒」，決心「不接近一切的逸樂紛華，甘受戒僧的清規」，不難看出他對於安娜愛情的篤意和感念。儘管這其中有過與安琳女士的過往；與于立忱的情感交彙；以及對其他女人的幻想，也有過一次與妓女的接觸給自己和安娜帶來的淋病。但安娜與他共度過的生活艱辛，仍是他永生難忘的。

郭沫若大學沒畢業，已經有了三個孩子。全家都靠郭的助學金過活。在日本，學醫的學生需要德文的醫書，書價昂貴，幸好安娜善於量財度日，經常拿五分錢去買紅薯，便是全家的午飯。在兒子郭和生的記憶中，他們常常搬家，搬家時很簡單，因為沒有什麼家當。郭沫若要交學費，要買書，預支了兩個月的官費，所剩無幾，只好把上學用的書拿到當鋪。有一個月，一家人連中午飯都節省了。後來國內有一人家到日本看病，請他們幫忙料理家務並吃住，他們才度過了那段熬煎的日子。郭沫若說：「我當時是怎樣的感激呀！漂母的一飯原值得韓信的千金，況我和我的老婆是在出賣氣力，我們是沒有什麼可以羞恥的。」

郭沫若「別婦拋雛」不到一年，就與于立群結婚，受到外界的批評。他的家庭責任感的確有問題。但是也有別的因素。他與田漢交談，認為婚姻是墳墓，他感到了生活的滯累。從他獨身生活的處境看，他無法過沒有家庭的生活，而家庭生活的艱辛又常給他和安

娜帶來矛盾。日本女人在家主內的傳統，使她們把錢看得很緊，摳得很細，好處是日子仔細，但令中國男人頭疼，沒有經濟上的自由。安娜把郭的稿費也攥得很緊，並且始終不同意郭棄醫從文。這些都難免引起矛盾。安娜的兒子認為，他們母親脾氣很暴躁，而父親在母親發脾氣時，總是一聲不吭。這可能也是郭沫若「拋婦別雛」的另一原因。

抗日戰爭勝利後的 1948 年秋季，安娜攜長子郭和夫、幼子郭志鴻和四女郭淑瑀，到香港找到了郭沫若。這時，郭沫若與于立群已經有了 5 個孩子。安娜的到來，讓郭沫若十分意外，安娜的身心也倍受打擊。經馮乃超等人勸說與懇談，安娜承認了現實，做出平和、理智的選擇，把女兒淑瑀留下便離開了。

中華人民共和國成立後，安娜加入了中國籍，定居大連，與長子和夫相鄰。和夫曾任中科院大連化物所副所長，曾是遼寧省和大連市人大代表以及全國人大代表。次子郭博 1954 年回國，住在上海，任上海市民用建築設計院總工程師。三子復生是北京中國科學院動物所的研究員。淑瑀曾在郭沫若的安排下進入解放區，又入燕京大學學習，後在中央音樂學院鋼琴系畢業，定居天津。五子志鴻，定居北京，為中國音樂學院鋼琴系客座教授。郭沫若晚年病重的時候，安娜曾去醫院探望。但是很快就回來了。兒媳婦問她為什麼這樣快回來了，她說：「他不願談。」說明這時已到了相對無言狀態。他的兒子郭博說：「我父親是應該受到批評的。」安娜倒想得很開，說：「歷史過去了，過去了就過去了。」

1984 年，于立群已經去世，安娜當選全國政協委員。這種政治安慰，對於一個半生不幸的女性來說，又有多大的意義呢？

《女神》

　　五四時代，胡適、周作人、沈尹默、劉半農、康白情、俞平伯都有白話詩引人注意，但郭沫若卻後來者居上。

　　郭沫若是一個主情的天才。他對自己的性格氣質和藝術個性做過這樣的解說：「我是一個偏於主觀的人，……我自己覺得我的想像力實在比我的觀察力強。我自幼便嗜好文學，所以我便借文學來鳴我的存在，在文學中更借了詩歌的這隻蘆笛。我又是一個衝動的人……我回顧我所走過了的半生行路，都是一任我自己的衝動在那裏奔馳；我便作起詩來，也任我一已的衝動在那裏跳躍。」

　　郭沫若的《女神》出版於 1921 年，全書共有詩歌 56 首，其中最早的詩大約寫於 1916 年，一部分寫於 1921 年，絕大部分寫於 1919 和 1920 兩年間。決心要把文學傾向克服的郭沫若，怎麼又會誘發了創作《女神》的衝動呢？

　　首先，郭沫若喜歡文學的「六根」從來沒有淨除。還在東京一高時，他就從一個同學那裏看到泰戈爾《新月集》中的幾首詩，覺得其清新、恬淡的風味與他以往讀過的英文詩不同，與中國舊詩的崇尚雕琢區別也很大，從此便成為了泰戈爾的崇拜者；因為在高等學校學德文，讀了歌德和海涅的作品，語言課也助長了他的文學傾向。以至在高等學校做屍體解剖時，竟能有了創作衝動，寫出小說《骷髏》；他又在顯微鏡下觀察筋肉纖維時，構思了小說《牧羊哀話》。投回國內，都被退了回來。這些可視為他在創作上的準備吧。而真正誘發了他的創作才華和能量，是新文化運動的衝擊。

　　1919 年 9 月，他偶然在國內《時事新報》副刊「學燈」上看到康白情的一首白話詩〈送慕韓往巴黎〉，語言平白如話。其中有「我們叫得出來，我們便做得出去」這樣的詞句，他很是驚異：「這就是中國的新詩嗎？那麼我從前做過的一些詩也未嘗不可發表了。」於是，他就把自己的舊作〈死的誘惑〉、〈新月與白雲〉、〈離別〉和幾首新作的詩先試投給《學燈》，結果所有詩稿當月見報。他的作品變成了鉛字，給他的創作慾以很大的刺激，從此一發不可收。大約 1919 年下半年到 1920 年上半年，形成了郭沫若詩創作的第一個爆發期。他說，有那麼三四個月時間內差不多每天都有詩興的衝擊，好像生了熱病一樣，戰顫著抓緊寫在紙上，給編輯宗白華寄去。《女神》中的主要詩篇，均寫在此時。郭沫若說：「使我的創作慾爆發了的，我應該感謝一位朋友，編《學燈》的宗白華。我同白華最初並不認識，就由投稿的關係才開始通信。白華是研究哲學的人，似乎也有嗜好泛神論的傾向。這或許就是使他和我接近了的原因。那時候，但凡我做的詩，寄去沒有不登，竟至《學燈》的半面有整個登載我的詩的時候。說來也很奇怪，我自己好像一座做詩的工廠，詩一有銷路，詩的生產便愈加旺盛起來。」那種一泄千里狂濤暴漲般的創作激情，也來自郭沫若所說的多年的「鬱積」。郭沫若在自述中說：「當我接近惠特曼的《草葉集》的時候，正是五四運動發動的那一年，個人的鬱積，民族的鬱積，在這時找出了噴火口，也找出了噴火的方式，我在那時差不多是狂了。」

　　個人的鬱積便是個性與情愛生活的壓抑。郭沫若的個性是社會參與型。他又屬於情性旺盛的人。20 多歲遠離家鄉和祖國，個性與情愛生活的壓抑，是明顯的。宗白華生前曾告訴陳明遠：五四運動前夕，由李大釗等人發起，我們組織了少年中國學社。成員主要分佈在北京、上海、日本……。會員裏面有郭沫若在成都高中時的同學不少人。1920 郭沫若有意想加入少年中國會，但很多會員不

同意。因為這些人知道他在中學有挾妓、同性戀、酗酒、鬧事等不良行為，認為會員入取要嚴格，沒有批准郭入會。當時郭沫若給宗白華的信中說：「我自己的人格，確是太壞透了。我覺得比高德斯密還墮落、比海涅還懊惱、比波德賴爾還頹廢……。」他們於是約定人格要公開，但郭沫若又說自己幾乎沒有可公開的人格。宗白華安慰他說：「我對於你幹的事情，沒有當成個人的罪惡，而是當作人類的罪惡，尤天才者犯這種罪惡的多。」[1]。如此看來，也只有宗白華這樣的具有人本主義情懷的美學家和泛神論者才能理解他。郭沫若的如此坦誠的剖白，不能說不是他一段時間以來的鬱結。「五四」時期，宗白華、田漢、郭沫若三人曾就「包辦婚姻」、「自由戀愛」問題有過通信討論。他們將三人的信合集為《三葉集》出版。曾被譽為「當代的少年維特之煩惱」，並且一再翻印。

　　郭沫若的所謂民族的鬱積正如他所說：「我在日本留學，讀的是西洋書，受的是東洋的氣，我真背時，真倒楣。」這種「民族的鬱積」加倍刺激了個人的鬱積，使他在青年時代，幾次想到自殺。1916 年，他 25 歲，與安娜的戀情使他個人的鬱積有了緩解。他說：「因為民國五年的夏秋之交有和她的戀愛發生，我的做詩的欲望才認真地發生了出來。《女神》中所收的〈新月與白雲〉、〈死的慾望〉、〈別離〉、〈維奴司〉都是先後為她而作的。」此時，雙重鬱積的生命在情詩之中未得到全面的展示，只有在「惠特曼」的感召下，他才找到了「噴火口」加上「五四」個性解放之潮的湧動，他把時代的、個人的、歷史的、未來的種種人生感悟盡情地、自由地宣洩了出來。並由此產生了如〈立在地球邊上放號〉、〈地球我的母親〉、〈匪徒頌〉、〈晨安〉、〈鳳凰涅槃〉、〈天狗〉等詩作，這些都是《女神》中著名的篇章。

---

[1]　　《三葉集》，亞東圖書館，1920 年。

　　聞一多曾說：「女神不獨形式歐化，而且精神也十分歐化的了」，「他要做中西藝術結婚後產生的寧馨兒」。（《聞一多〈女神〉之地方色彩》，《郭沫若研究資料集》（中），中國社會科學出版社，1986）郭的「女神」意象確實有兩重：一是指藝術。西方神話中的繆斯或維納斯都是藝術的守護神；中國的女媧是中國人心中的母神。而郭的母親又是給予他藝術啟蒙最早的人，使郭沫若很小就鍾情藝術；二是指愛國精神、個性解放、反抗與破壞、讚美與詛咒。如〈女神之再生〉中表達的：

> 女神之一：我要去創造些新的光明，
> 　　　　　不能再在這壁龕之中做神。
> 女神之二：我要去創造些新的溫熱，
> 　　　　　好同你新造的光明相結。
> 女神之三：姊妹們，新造的葡萄酒漿，
> 　　　　　不能盛在那舊了的皮囊。
> 　　　　　為容受你們的新熱、新光
> 　　　　　我要去創造個新鮮的太陽！……

又如〈神明時代的展開〉一詩：

> 太古時分一切神明曾經是女性，
> 後來轉變了，一切男性都成了神明。
> 神明時代在人類的將來須得展開，
> 人間世中，人即是神，一律自由平等。

　　郭沫若在諸詩中，將心中的女神置換成姐姐、母親、女郎、湘水女神、司春女神、愛神等，這些都寄寓著他對女性的讚美、崇拜和不平。

《女神》的突出貢獻是：以詩化的形式，表現了「五四」時期的時代精神。聞一多在〈《女神》之時代精神〉中說：「若講新詩，郭沫若君的詩才配稱新呢！不獨藝術上他的作品與舊詩詞相去最遠，最要緊的是他的精神完全是時代的精神——二十世紀底時代精神」。

郭沫若是泛神主義者。泛神主義用周揚的話說就是：「『本體即神，神即自然』的思想，這個神在他就是我。聽他唱『我讚美我自己，我讚美這自然表現的宇宙的本體』，我們就可探知他的泛神主義的究竟了。」[2]

在「五四」時期的中國，對封建文化體系破壞得最得力的思想先鋒，一是進化論，二是泛神論。郭沫若的《女神》確實在追求一種物我同一的境界。當詩人把「神」拉到與自己和萬物平等地位時，「一切的偶像都在我面前毀破」了；他在〈我是個偶像崇拜者〉中提到：我崇拜太陽、山嶽、海洋；崇拜水、火、江河；崇拜生、死、光明、黑夜；崇拜創造的精神、崇拜力、血、心臟；崇拜我……當詩人把自我也奉為「神」時，「一切自然都是我的表現」了。於是，郭沫若的詩歌獲得了廣袤無垠的自我表現世界：比如〈天狗〉：

> 我是一條天狗呀！
> 我把月來吞了，
> 我把日來吞了，
> 我把一切的星球來吞了，
> 我把全宇宙來吞了。
> 我便是我了！

2　《郭沫若研究資料》（中），第 209 頁，中國社會科學出版社，1986 年。

我是月底光，

我是日底光。

我是全世界底能量的總量。

　　這時他的「自我」可以氣吞日月；社會萬物可以不斷毀壞，不斷創造。」他把「自我」與表現的對象溝通在一起，把生命與創造結合在一起，

我飛跑，

我飛跑，

我剝我的皮，

我食我的肉，

我吸我的血，

我齧我的心肝，

我在我神經上飛跑，

我在我脊髓上飛跑，

我在我腦筋上飛跑。

　　這些都表現為對一切束縛的掙脫。以如此聲勢謳歌人的自我實現的過程，在 20 世紀，似乎還沒有第二人。他是在《女神》中用這種泛神的宇宙觀，詩化了「五四」時代的精神。

　　郭沫若說：「『五四』以後的中國，在我心目中就像一位很蔥俊的有進取氣象的姑娘，她簡直就和我的愛人一樣。我的那篇〈鳳凰涅槃〉便是象徵著祖國的再生。『眷念祖國的情緒』的〈爐中煤〉便是我對她的戀歌。〈晨安〉和〈匪徒頌〉都是對於她的頌歌。為什麼叫匪徒？那時日本記者稱中國「五四」以後的學生為「學匪」，郭沫若為了抗議「學匪」的誣衊。便寫了這首頌歌。且看〈爐中煤〉：

啊，我年青的女郎！

我不辜負你的殷勤，

你也不要辜負我的思量。

我為我心愛的人兒

燃燒了這般模樣！

在這首詩中，「女郎」就象徵祖國。再看〈地球，我的母親！〉：

地球我的母親！

天已經黎明了，

你把懷中的兒來搖醒，

我現在正在你背上匍行。

《女神》是五四時代精神的詩化體現，以〈鳳凰涅槃〉、〈女神之再生〉為代表。

〈鳳凰涅槃〉取材於傳說故事，正如詩前的引言：「天方國古有神鳥名「菲尼克司」，滿五百歲後集香木自焚，復從死灰中更生，鮮美異常，不再死。這首詩就是借鳳凰「集香木自焚，復從死灰中更生」的故事，象徵舊中國以及詩人的舊我的毀滅和新中國以及詩人新我的更生。除夕將近的時候，在梧桐已枯、醴泉已竭的丹穴山上，「冰天」下「寒風凜冽」一對鳳凰飛來飛去地為自己安排火葬。臨死之前，它們迴旋低昂地起舞、鳳鳥「即即」而鳴，凰鳥「足足」相應。它們詛咒現實，詛咒冷酷、黑暗、腥穢的舊宇宙，把它比作屠場，比作囚牢，比作墳墓，比作地獄。於是它們痛不欲生，集木自焚。鳳凰的自我犧牲、自我再造，是怎樣的悲壯！當他們同聲唱出要讓「舊我」連同舊世界的一切黑暗和不義同歸於盡時，燃燒而獲得新生的不只是鳳凰，也包括詩人自己。他在寫這首詩前兩天，曾在給宗白華的信中說：「我現在很想能如鳳凰一般，把我現有的

形骸毀了去，……從那冷淨了的灰裏再生出個我來！」所以田漢讚歎他說：「與其說你有詩才，不如說你有詩魂，因為你的詩首首都是你的血、你的淚、你的自傳、你的懺悔啊。」

〈女神之再生〉和〈鳳凰涅槃〉相似，是根據女媧煉石補天的古代傳說寫成。詩劇一開始寫天地晦冥，風聲和濤聲織成「罪惡的交鳴」，女神們從「生命底音波裏聽出預兆，感到「浩劫」重現，紛紛離開神龕。其中還有顓頊與共工為爭帝決戰的故事，郭沫若說是指南北的軍閥戰爭。共工是象徵南方，顓頊是象徵北方，想在兩者之外建設一個第三國——美的中國。[3]共工失敗，怒而觸不周山，天柱折，顓頊與共工一同毀滅。女神們不屑於再做修補工作，決定另造一個太陽，而且預言這個新太陽將照徹天內世界，天外世界。這便是郭沫若對光明和理想的追求。

郭沫若說：「文學是反抗精神的象徵，生命窮促時叫出來的一種革命。」他看重詩的形式與人的生命形式的某種同構性。這種認識，確實是屬於「詩人」的。「做詩時，須要存個前無古人後無來者的心理。要使自家的詩之生命是一個新鮮的產物，具有永恆不朽性。」這種做詩的心態確實屬於郭沫若。是否不朽，有待於探討，但「新鮮的產物」卻是事實。因為無論內容還是形式，他的詩在當時都令人耳目一新。

從《女神》的藝術形式來看，郭沫若追求自然，詩的節奏，就是他情緒的節奏。「節奏之於詩是與生俱來的，是先天的，決不是第二次的使情緒如何可以美化的工具。」這或許就是郭沫若的「內在律」的發現，當然，也由他創造開了一代詩風。郁達夫讀了〈女神之再生〉覺得詩中融合了惠特曼的豪放、泰戈爾的清幽、海涅的忿怒、歌德的深遠，以及莊子的恣肆和蘇軾的暢達。這是最瞭解他

3　《三葉集》第 105 頁，亞東圖書館，1920 年。

的人的感覺。我認為，《女神》中每一首詩所獨立具有的審美意義是很小的，即使抽出《女神》優秀詩篇中的一兩行，也會覺得如口號般的缺乏詩意。儘管他追求的是「全體都是韻」。但是這些「缺乏詩意」的句子經郭沫若的組合，便大放新詩的光彩了。也許其中的奧秘之一，就是節奏的力量。詩中的節奏形成了新詩特有的宏大的氣勢。這是詩人熾熱、奔放的青春熱情的外化，讓讀者從中感受到了生命的力量、自由的力量、不可阻擋的時代的力量。

自由體新詩不是郭沫若的首創，卻在他手中別開生面。有人說，這種詩「自由」而又有「體」，引導了近一個世紀中國新詩形體的主流。

《女神》以後的幾年裏，郭沫若還有《星空》、《前茅》、《瓶》、《恢復》等詩集問世。但大家都認為他的詩歌藝術高峰已經過去。他自己也說，《女神》以後，我已經不是「詩人」了。

創造社

　　創造社孕育於 1918 年。郭沫若剛入日本九州帝國大學，與張
資平在日本福岡碰面，二人不滿意國內的刊物，認為當時國內的有
數的兩個大雜誌《東方雜誌》和《小說月報》，不是「庸俗的政談」
就是「連篇累牘的翻譯」，就商量「找幾個人辦一種純文學雜誌。
不用文言，用白話。」兩人覺得文學上的同人還有郁達夫、成仿吾，
大家都是在日本留學的學生。郭沫若認為，從每個人的官費裏面抽
出四元錢，就可以做印製費了。於是決定分別找他們商量。

　　不久「五四」運動風潮「彭湃」起來，郭沫若和日本福岡的幾
位同學組織了一個「夏社」，決定義務搞反帝宣傳，往國內發一些
日本報刊雜誌刊登的關於侵略中國的言論。但能寫能編的人就一兩
個人，操作起來，幾乎就成了郭沫若自己的事，從寫蠟紙、油印，
到往國內投寄。這件事足見郭沫若有一種辦刊「情結」。若以他將
來棄醫從文的前景考慮，他當然希望有自己的發表陣地。

　　而後，張資平、成仿吾、郁達夫又聯絡了田漢、鄭伯奇、穆木
天、張鳳舉、徐祖正等人，為辦同人物刊在東京開過兩三次會，並
委託田漢回國尋找出版處。為了辦刊的事，郭沫若一直與這些朋友
書信往來。

　　張資平是學地質的。成仿吾，是學兵器的。郭沫若說成吾很有
語言學的天才，他的外語記憶力驚人。他曾因幫別人謄錄和校對過
一部英文字典，以至在高等學校三年中學外語沒用過字典。1920
年開始作新詩。郭沫若說他的詩異常的幽婉，包含著一種不可捉摸

的悲哀。讀他的詩絕對聯想不到他是和大炮、戰車打交道的人。他人很木訥，但是他是幾人中頭腦最明晰的人。郭沫若認為他心直、口直、筆直、手直。郁達夫則在東京大學學法制經濟。1921 年 2月，成仿吾的同鄉李鳳亭畢業回了上海，說泰東圖書局打算改組編輯部。設有法學、文學、哲學三科，讓李鳳亭任法學主任，李石岑任哲學主任，李鳳亭推薦成仿吾任文學主任。成仿吾決定放棄畢業考試回國就職。郭沫若知道了這個消息，決定與成仿吾一塊回國，著手創辦他們的純文學刊物。那時，郭沫若一心想棄醫從文，一來因為十七歲時得過重症傷寒，兩耳患有耳鳴、重聽症，在聽力上有障礙，在大學，上百人的大課，聽課很困難；一方面是受「五四」自由主義思潮影響，想做自己想做的事。於是就想轉學到京都的文科大學。但是安娜堅決反對。成仿吾也勸阻他說，研究文學沒有進文科的必要。他們對自己的學非所願，都很煩悶。郭沫若甚至出於對文學的一股狂熱，待在家裏幾個月，不願去學堂了。安娜見此情景，便也同意他棄醫，回國另尋出路。儘管當時她和兩個孩子又面臨要另尋安身之地的困境。

郭沫若和成仿吾回到上海，很快就發現，所謂編輯部改組是一句空話。並沒有成仿吾的位置。成仿吾便去了長沙一兵工廠找事做去了。郭沫若則留下來編自己的詩集《女神》和譯著《茵夢湖》，當然還在考慮辦刊的事。這時他也知道田漢曾托人在國內找了幾家書局，中華、亞東、商務都不肯承辦出版印刷。

郭沫若在上海呆了兩個多月，與泰東書局談妥刊物在泰東印刷的事就決定再回日本，找朋友商量，如雜誌叫什麼名字，定期不定期，每個人怎麼分擔稿件的分量等。

郭沫若回到日本，在東京見到鄭伯奇、張鳳舉、穆木天、田漢，又到京都看望因病住院的郁達夫。郁達夫表示他贊成雜誌以《創造》為刊名，月刊季刊都可以，每期他可以擔任一兩萬字的文章。此時

他已經完成了三篇小說：〈沉淪〉、〈南遷〉、〈銀灰色的死〉。〈銀灰色的死〉。寄給《學燈》四五個月還沒有發出來。看來，他們真的得有自己的陣地，尤其像郁達夫的小說，認同者當時並不多。

　　大約在 1921 年 7 月初，郭沫若探望生病的郁達夫，與張資平、何畏、徐祖正不期而遇，他們再次商量辦刊的事，一致通過刊名叫「創造」，並決定暫時出版季刊，利用暑假趕緊準備件稿。這一天被他們視為創造社正式成立，[1] 而後，郭沫若返回上海。

　　1921 年 8 月，郭沫若的詩集《女神》由泰東書局出版。這時郁達夫將要從東京大學畢業，郭沫若決定請郁達夫回國主持創造社的籌備工作，而他再回日本繼續讀完他的醫科學業。為什麼棄醫從文的念頭又動搖了呢？他說：「在日本的時候，就像發狂一樣想跑回中國，即使有人聘去做中學校的國文教員也自誓可以心滿意足的我，跑回上海來前後住了三四個月，就好像猴子落在了沙漠裏一樣，又煩躁著想離開中國了。……像我這樣沒有本領的人，要想靠著文筆吃飯養家，似乎是太僭分了。因此，我又想到還是繼續我的學醫安全些。世間有很多不怕死的病人，吃飯想來大約也是不會成為問題的。」郁達夫同意接替他。

　　9 月中旬，郁達夫回到中國，郭沫若重返去了日本。郁達夫回到中國三天後就在上海的報上發預告，說《創造季刊》於明年元旦出刊。「預告」中說：「自文化運動發生之後，我國新文藝由一、二偶像所壟斷，以致文藝之新興氣運，漸滅將盡，創造同仁奮然興起打破因襲，主張藝術獨立，願與天下無名之作家，共興起而造成中國未來之國民文學。」還宣佈了《創造社》同人的名單：田漢、郁達夫、張資平、穆木天、成仿吾、郭沫若、鄭伯奇。當初，郭沫若說「像我這樣沒有本領的人」時，其實包含著他的一層沮喪，即關

---

[1]　另據鄭伯奇日記推算，創造社成立於 6 月 7 日。

於辦個純文藝的刊物，自己三四個月，也沒弄出個名堂，郁達夫著手三天就發消息，顯然比他有勇氣和信心。第一期的稿件除了郁達夫的〈茫茫夜〉外，都是郭沫若組織的。但因〈茫茫夜〉的推遲，使創刊號到 1922 年 5 月 1 號才出版。這期還有郭沫若的〈創造者（代發刊詞）〉、歷史劇〈棠棣之花〉第二幕、成仿吾的小說〈一個流浪人的新年〉、郁達夫的雜文〈藝術私見〉、田漢的〈咖啡店一夜〉、郭沫若的〈海外飛鴻〉等。郭沫若在〈海外飛鴻〉中說中國的批評家與「黨同伐異的劣等精神，和卑鄙的政客者流不相上下」。由於郁達夫急於回日本參加畢業考試，沒有親自勘校，這期《創造》刊物錯字在二千以上。郭沫若說這「在新文化運動以來的刊物中怕要算是留下紀錄。」一群留學生為了辦一本自己的刊物，走馬燈似地來來往往於中國與日本之間，那份熱情、執著和粗疏都染著那個時代青年人的可愛。

由於他們的發刊詞、雜文都有出言不遜的話，從創刊號開始，創造社與文學研究會及後來的「新月派」，首先是胡適，發生了矛盾和筆戰。如《文學研究會》的沈雁冰在《文學季刊》上連續三期以筆名「損」發表〈創造給我的印象〉，他說：創造社諸君的創作，恐怕也不能竟說可以與世界不朽的作品比肩罷。所以，我覺得現在與其批評別人，不如自己多努力，而想當然地猜想別人是「黨同伐異的劣等精神，和卑鄙的政客者流不相上下」更可不必。又如，郁達夫在《創造季刊》第二期的〈夕陽樓日記〉中指摘別人翻譯上的錯誤，胡適則在《努力週報》上發表了〈罵人〉一文，指責郁達夫和創造社。郭沫若、郁達夫、成仿吾在第三期《創造季刊》又都在自己的文中回擊了胡適。

《創造季刊》先後由郁達夫、郭沫若、成仿吾主持編輯。

1923 年 3 月郭沫若從醫科大學畢業。畢業後他決定放棄從醫。理由還是他的耳朵。當時張鳳舉在北大當教授，說北大要開設東洋

文學部，勸郭沫若去任職，還說周作人也有這個意思。郭沫若覺得自己雖在日本留學八九年，但學的不是文學，沒有資格教授東洋文學。於是帶著老婆孩子回到上海。這時他第三個孩子出生才兩個月。他家裏給他滙來 300 元錢，是想讓他做路費去四川，那裏已經給他找好了一個的醫院位置。醫生的位置對他已經不重要，這 300 元錢成了他在上海的安家費。當時成仿吾的哥哥托商務印書館的朋友，郭沫若在商務印書館編輯部謀一個編輯的位置。郭沫若在商務印書館當編輯部主任的同學何公敢又想請郭沫若與商務印書館簽約專事著譯，承諾著書千字五元，譯書千字四元。郭沫若半開玩笑說「著譯未免太辛苦了，能夠每月送我幾百元錢，我倒一定要拜領的。」老同學也笑著說，恐怕你鬧到了梁任公、胡適之一流的資格才行。郁達夫此時也因失業攜家眷從安慶來到上海。三人到一處談今後的出路，決定過「籠城生活」──自己幹。這樣就決定出《創造週報》。

為紀念《創造季刊》一周年，於 1923 年五月一號，《創造週報》第一期發刊。在這一期《週報》上，成仿吾寫了篇題為〈詩之防禦戰〉的文章。郭沫若說它像炸彈一樣，「得罪了胡適大博士，周作人大導師，以及文學研究會裏的大賢小賢。」由此，又引起新一輪反擊。郭沫若說：「《時事新報》上的彌天漫野的綠氣把他化成了一陣『黑旋風』」。《創造季刊》的第四期上，郭沫若的〈卓文君〉、郁達夫的〈采石磯〉中都有對胡適的挖苦。不想，胡適就在這時到了上海，主動給他們寫了求和的信。郭沫若、郁達夫回了他一信。之後，胡適還專門到郭、郁的住處看了他們一趟；成仿吾、郭沫若、郁達夫又到胡適的寓所回拜。不打不相識，郭沫若承認胡適有「非凡人」的氣度。

1923 年 7 月中旬，郭沫若在一高時的先後同學、《中華新報》的主筆張季鸞對郭沫若說，請他們每天為《中華新報》編一份副刊。篇幅是半面報紙的二分之一。郭沫若回來與朋友商量，意思是回

絕。因為《創造週報》已印至六千，從編輯力量看，顧不上這份副刊。但郁達夫、成仿吾贊成編。他們認為，文學研究會有《時事新報》上的《學燈》，別的派系又有北京的《晨報副刊》、上海《民國日報》的《覺悟》，他們應該有一種日刊來對抗。同時，因「季刊」和「週報」的稿件質量要求高一些，外來稿99%用不上，會失掉很多讀者。日報用稿量大，可以來消化自然來稿。另外編輯權在他們自己，政治色彩可以不去沾染。而且一百元編輯費不無小補。最後決定郭沫若負責週報，日報由郁達夫、成仿吾和一個叫鄧均吾的朋友負責。郭沫若為日報副刊起名為《創造日》。

但是沒多久，北京大學來信聘請郁達夫前去任統計學講師。郭不同意他去，覺得他是創造社的一根撐天柱，他一走，《季刊》、《週報》、《創造日》都難以維持。但是，郁達夫決意要走，並且認為，他們的幾種刊物最好停辦。郭沫若對他這種念頭最初既不理解，又很傷心。看來郁達夫想去北京，不僅僅是生計問題，對刊物也有了自己的看法。後來真如郭沫若所說，他去得如同絕交一樣，文章總在別的刊物上發表，對於嗷嗷待哺的創造社的幾種刊物卻不肯飛過一字來。1924年5月，郭沫若和成仿吾相繼支持了一段時間，在《創造季刊》出到第六期、《創造週報》出了一年，《創造日》出到一百期時，他們真的停辦了。創造社三位創始人也各奔東西——郁達夫去了北京，成仿吾南下任廣東大學理學院物理學教授。郭沫若先讓妻子帶三個孩子去日本，他寫完了《漂流三部曲》後，也去了日本。創造社由上海的潘漢年接管。在《創造週報》準備停辦的時候，當時是創造社的工作人員周全平覺得《週報》遺留下的大量稿件丟掉十分可惜，就與他的夥伴倪貽德、敬隱漁和嚴良才籌辦了一個《洪水》半月刊。他們寫信給郭沫若，郭表示熱情支持。後來郁達夫代表創造社與《現代評論》合作，另辦了一份《現代評論》週刊。

　　郭沫若在他的〈創造十年〉一文中總是埋怨泰東書局把他們當奴隸來使，從來沒有報酬，承諾了也不兌現。其實，他所說的報酬是沒有明確他們的職務身份，並付以報酬。但是他們在泰東編輯、翻譯自己的書的過程中，泰東提供了食、宿、旅費，還有一定的編輯費。當然，他也承認，他們為泰東服務，其實何嘗不是想利用泰東。他們要背靠泰東書局做事，在泰東書局印製刊物，就是因為泰東允許他們自主辦刊物，在刊物上說自己的硬話而不受干涉。在商務印書館就不行：「替商務辦雜誌的人是連半句硬話都不敢說的。」他說創造社的人可以任自己內在的衝動表現自我。這倒是可以聯繫到另一件事：文學研究會發起時，曾寫信給在東京的田漢，約請田漢和郭沫若參加。但是田漢既沒有轉寄給郭沫若，也沒有給文學研究會發起者復信。郭沫若 1921 年在上海認識了鄭振鐸，鄭再次邀請他加入文學研究會。郭沫若說，那次田漢沒有把信給我看，想來是他沒有合作的意思，如果我現在加入，就有點對不住朋友了。我可以在外面幫忙。

　　郭沫若說，別人總以為他在左右創造社，其實不盡然。成仿吾比他高一年級，在日本的習慣是稱為「先輩」的，郁達夫、張資平和他同級，但比他早畢業，也是「先輩」。他只是比他們在國內早出了兩年名。而事實上，他總在犧牲自己的主張去服從友誼。從郭沫若說的一些創造社的事情看，這話不假。創造社確實是一個自由的同人團體。他們內在關係也是非常平等的。他們批評圈外的人，也批評圈裏的人。如田漢的《薔薇之路》受到成仿吾的批評，他感到不快，有了離心的表現。張鳳舉在第四期上有一篇叫〈途上〉的文章，他說成仿吾改了他的文章，便和徐祖正一起同創造社斷絕了關係。但那個時期的創造社，無論他們曾經說過什麼聳人聽聞的言論，都是說自己的話。這便是創作前期。

　　1925 年郁達夫離開北大，任武昌師大文科教授，這時張資平也在武昌任生物系教授。夏天，成仿吾到了武昌，與郁達夫、張資平研究成立創造社出版部。11 月，郁達夫辭去教職，到上海籌辦創造社出版部。這年，瞿秋白推薦郭沫若到廣東大學任文科學長。1926 年郁達夫又同郭沫若研究出版《創造月刊》。4 月 1 日創造社出版部成立。該部採取募股的方式，設立股東會、理事會和監察員會，由郭沫若出任理事會主席，成仿吾任會計兼總務，郁達夫、周全平等為理事。《創造月刊》也創刊了。郁達夫在「卷頭語」中說：「現在我們所以敢捲土重來，再把創造重興，再出月刊的原因，就是因為（一）人世太無聊，或者做一點無聊的工作也可以慰籍人生於萬一。（二）我們的真情不死，或者將來也可以為天下的無能力者、被壓迫者吐一口氣。……我們的志不在大，消極的就想以我們的同情來安慰那些正直的慘敗的人生戰士，積極的就想以我們的微弱呼聲，來促進改革這不合理的社會組織。」後來郁達夫也到廣東大學做了文科教授。4 月成仿吾在廣州成立了「創造社出版部廣州分部」。4 月 16 日，郭沫若在《創造月刊》第 3 期發表了著名的〈革命與文學〉。他說：「文學是革命的前驅」，「文學和革命是一致的，並不兩立。」「我們要求文藝是表同情於無產階級的社會主義的寫實文學」。作家應該「把自己的生活堅實起來，」「到兵間去，工廠間去，革命漩渦中去。」這時郭沫若應聘已經去了廣州。1926 年 7 月他又參加了北伐。創造社後期，他已參與不多。

　　對於創造社，郭沫若幾十年後有一段反省：「創造社前期和後期都起過相當大的作用。但後期的同志們犯了一些錯誤。他們從國外回來，對國內情況不夠瞭解，把內部矛盾看成主要的，罵魯迅，罵蔣光慈。前期創造社是混混沌沌的思想，後期創造社把鮮明的馬克思主義旗幟打起來了，但是不懂策略。後期創造社的功勞還是不小的，魯迅說：『創造社逼迫我讀了幾本馬列主義的書。』」

走近馬克思

　　郭沫若在 1958 年 11 月 27 日回答北京師範學院學生的訪問時說，他們搞創造社時，[1] 對馬克思主義只是空空洞洞地崇拜。馬克思主義是怎樣一種內容，並不甚瞭解。日本人在當時把布爾什維克叫做『過激派』。但我當時卻想作無產者、想當個共產主義者，這種思想表現在一九二一年寫的《女神：敘詩》中。我認為馬克思、列寧是了不起的人物，但對馬克思主義的具體內容卻很茫然。我當時是要求個性發展，要求自由，這是符合民主革命的要求的。」郭沫若的思想有一個轉變過程，前期思想是革命民主主義，後期是馬克思主義。這個轉變一般以翻譯河上肇的《社會組織與社會革命》為標誌。

　　1924 年 4 月 1 號，《創造週報》還沒有停辦，郭沫若就離開了上海，回到曾經住過五年的日本福岡。這時他的文學創作的第一個高潮已經過去。是否能以從事文學為生？他並沒有信心，甚至有了動搖。比如創造社的刊、報，先後都停辦了。創造社的成員，也都不以文學謀生了。此次回到福岡，郭沫若又有了新想法。他說，原來他對生物學就比較有興趣，因為福岡九州大學的生物學教授石原博士是他所敬愛的一位學者。石原教授講的《生理學總論》給他留下了深刻的印象。他曾想把自己的一生獻給自然科學。後來社會科學又讓他覺醒了，他覺得當時耳濡目染所得來的關於歷史唯物主義的學理，好些地方和生物學有甚深的姻緣。例如社會形態的蛻變說似乎便是從生物學的現象蛻化出來的。因此，他便想一方面研究生

理學,一方面學習社會科學。但是科學家們的生活是要有物質條件來做保證的,為了一家人生活的保障,他不得不將個人興趣同養活家人結合起來。

河上肇是日本有名的馬克思主義經濟學者。他的《社會組織與社會革命》一書,由《社會問題研究》上發表過的論文彙集而成。這些文章在當時的日本讀書界風靡一時,將日本初期馬克思主義學說推向了高峰。郭沫若出於對社會科學的憧憬,加上為一家人生活所迫,就開始翻譯《社會組織與社會革命》。

翻譯時,郭沫若用的是由上海帶來的中國稿紙,這種稿紙非得用墨寫不可。他的寓所中沒有桌椅,他也沒有置辦日本式的矮桌,便把一口中國皮箱拿來代替矮桌。硯臺也沒有,就找了一塊磚頭磨平作硯臺。就這樣他坐在草席上,從清早起來寫到深夜,寫了大約五十天的光景,終於把這部二十多萬字的書譯完了。

郭沫若說這部書,「不僅使我認識資本主義之內在的矛盾和它必然的歷史的蟬變,而且使我知道了我們的先知和其後繼承者們具有怎樣驚人的淵博學識。世間上所誣衊為過激的暴徒其實才是極其仁慈的救世主。」

但是,另一方面郭沫若對河上肇又感到不滿足。因為他沒有從無產階級革命運動出發,只強調社會變革在經濟方面的物質條件,而忽略了政治方面的問題。郭沫若說:「翻譯這書對我當時的思想有大幫助的,使我前期的糊塗思想澄清了,從而初步轉向馬克思主義方面來。……宇宙觀,比較認識清了;泛神論,睡覺去了。從此,我逐步成為馬克思主義者,以後參加了大革命。」

而後,郭沫若給成仿吾的信說:「我從前只是茫然地對於資本主義懷著的憎恨,對於社會革命懷著信心,如今更得著理性的陽光,而不是一味的感情作用了。這書的譯出在我一生形成一個轉折

時期。把我從半眠狀態裏喚醒了的是它，把我從歧路的彷徨裏引出了的是它，把我從死的暗影裏救出了的是它。

「我現在對於文藝的見解也全盤變了。我覺得一切技巧上的主義都不成其為問題，所可能成為問題的只是昨日的文藝，今日的文藝，和明日的文藝。昨日的文藝是不自覺地得占生活優先權的貴族們的消閒聖品。……今日的文藝是我們現在走到革命途上的文藝，是我們被壓迫者的呼號，是生命窮促的喊叫，是鬥志的咒文，是革命家預期的歡喜。……明日的文藝，要在社會主義實現後才能實現。在社會主義實現後的那時，文藝上的偉大的天才們隨其自由全面的發展，那時的社會一切階級都沒有，一切生活的煩悶除去自然的生理的之外都沒有了，那時人才能還其本來，文藝才能以純真的人性為其對象，這樣才有真正的純文藝出現。」

郭沫若翻譯《組織與社會革命》時，他的家裏窮得叮噹響。他本打算賣掉這本譯稿，解決以後幾個月的生活費用，但情況發生了變化，需要出書後才能抽取版稅。他只好剛完成譯著，就將原書拿到當鋪當了五角錢。緊接著，一個月二十元的房租再也拿不出，終於被房東趕了出來。一個無產者，選擇馬克思主義，可謂順理成章。

《請看今日之蔣介石》

1926 年 3 月，經瞿秋白推薦，郭沫若到廣東大學擔任文科學長。在廣州，他第一次認識了毛澤東。當年 7 月，郭沫若接受周恩來等人的建議，投筆從戎，擔任北伐軍政治部宣傳科長。當時，蔣介石不願意讓共產黨人擔任這個職務，可國民黨內一時又提不出合適的人選，郭沫若那時還不是共產黨員，所以，蔣介石決定讓郭沫若擔任此職，兼行營秘書長，授中校軍銜。北伐途中，郭沫若非常活躍，表現了很強的組織能力。當年 10 月，北伐軍總政治部隨軍前往武昌的時候，郭沫若已經但任總政治部副主任，升為中將軍銜。11 月，北伐軍攻克南昌，郭沫若兼任總政治部南昌辦事處主任，開始直接與蔣介石打交道。

率先揭露蔣介石，在郭沫若的一生當中，可謂重要的一筆。當時，國共雙方，雖然合作北伐，但目標並不一致。共產黨的目標是按照列寧主義，通過暴力革命，建立工農政權。國民黨的目標是打破軍閥割據，建立統一的資產階級共和國。隨著北伐的進展，這兩種目標日益磨擦。北伐軍的總司令是國民黨的領袖蔣介石。共產黨和國民黨內大多數人都會以為蔣介石是北伐功臣，而蔣介石則對共產黨人和國民黨左派抱警惕態度，暗中積極進行著清黨準備。

1927 年 3 月 6 日，贛州總工會委員長、共產黨員陳贊賢被殺。郭沫若萬分震驚。起初他不知內情，以政治部的名義將案件報請蔣介石查辦肇事者。蔣介石在報告上作了批示，但這個報告登報後，並不實行。郭沫若由此產生懷疑。接著，又發生了「三‧一七慘案」，

暴徒搗毀了九江市黨部和總工會。得到消息後，郭沫若又向蔣介石彙報，希望蔣介石能夠派兵彈壓。結果又是不了了之。到了 3 月 23 日，又發生了安慶慘案，國民黨安徽省黨部和各種合法民眾團體遭到襲擊。郭沫若開始感到事情的複雜。

3 月 23 日，郭沫若來到蔣介石的總司令部。只見許多人進進出出。郭沫若機警地觀察動靜。當時，蔣介石的心腹、安慶電報局長把郭當成自己人，和他談起蔣介石的秘密。說他們已經根據蔣介石的旨意，與各地青紅幫聯絡好了。他說：九江、安慶、蕪湖、南京、上海一帶，我們都和我們的「老頭子」聯絡好了，我們要走一路打一路，專門打赤化分子。郭沫若恍然大悟，原來蔣介石已經要向共產黨開刀了。這樣，郭沫若迅速離開安慶，在去武漢途中，寫成〈請看今日之蔣介石〉一文。

在這篇文章中，郭沫若歷數江西近來發生的樁樁慘案，並把從蔣介石總司令部看到和聽到的事實全盤端出。他說：「現在我明白了，我得到明確答案，我們的總司令是勾結青紅幫和我們革命民眾作戰的英雄！你看我們國民革命軍三色識別帶不是變成了青紅帶了嗎？這就是說我們革命軍的總司令已經成了青紅幫的老頭子了。我們是何等的光榮啊，三民主義已經被流氓主義代替了。」

郭沫若在文章中還寫道：「他對待民眾就是這樣的態度！一方面雇用流氓地痞來強姦民意，把革命的民眾打得一個落花流水了，他又實行用武力來鎮壓一切。這就是它對於我們民眾的態度！他自稱是總理的信徒，實則他的手段比袁世凱、段祺瑞還要兇狠。他走一路打一路，真好威風。他之所謂赴前線督師作戰，就是督流氓地痞之師和我們民眾作戰！」「現在我們把他的假面具揭穿了。在安慶『三·二三』之變我看出了他的真相來，他不是為群小所誤，他根本是一個小人！他的環境是他自己造成的，並不是環境把他逼成

了這個樣子。……現在還有人來替他辯護，那就是國賊，那就是民眾的叛徒，我們要盡力地打到他！」

郭沫若還說：「蔣介石叛黨叛國叛民眾的罪惡如此顯著，我們是再不能姑息了。他在國民黨內比黨外的敵人還要威險。他進一步勾結流氓地痞，第二步勾結奉系軍閥，第三步勾結帝國主義，現在他差不多步步都已經做到了，他已經加入反共的聯合戰線，他不是我們孫總理的繼承者，它是孫傳芳的繼承者！同志們，我們趕快把對於他的迷戀打破了吧！把對於他的顧慮消除了吧！國賊不除，我們的革命永遠沒有成功的希望，我們數萬戰士所流鮮血便要化成白水，我們不能忍心看著我們垂成的事業就被他一手破壞，現在凡是有革命性、有良心、忠於國家、忠於民眾的人，只有一條路，便是起來反蔣！反蔣！」

郭沫若的文章對蔣介石自然十分不利。但是文章在《中央日報》上發表以後，並未引起共產黨領袖人物的高度重視，他們仍然致力於拉攏蔣介石的工作。

郭沫若來到武漢以後，一度受到左派的冷落。他感到從未有過的委屈和苦悶，在 4 月 4 日的日記中寫道：「革命的悲劇，大概是要發生了，總覺得有種螳臂擋車的感覺。」

郭沫若文章憂慮的問題不幸被言中，4 月 12 日，蔣介石終於動手，大批共產黨人死於屠刀之下，國共合作完全破裂。蔣介石當然不肯放過險些誤了他大事的郭沫若。5 月，他發出通緝郭沫若的密令，賞金三萬元。這也促使郭沫若的政治選擇更加鮮明。

1927 年 8 月 1 日，周恩來等中國共產黨人在南昌舉行武裝起義。起義當時是以中國國民黨革命委員會的名義舉行的，郭沫若被列為革命委員會委員、主席團成員、宣傳委員會主席兼總政治部主任。但當時郭沫若並不在南昌，他是 8 月 4 日夜裏到達南昌的，途中還遭到了敗兵的襲擊。到達南昌後不久，他便隨軍向廣州方向進

發。1927 年 9 月，起義部隊到達江西瑞金，經周恩來、李一氓介紹，郭沫若與賀龍一同參加了中國共產黨。行軍途中，郭沫若染上了赤痢，女戰友彭漪蘭（安琳）對他多方照料，二人發生熱戀。10月初，起義部隊在汕頭一帶失敗，郭沫若逃往香港，又再度秘密回到上海，重新回到文字生涯中。

和魯迅的恩怨

　　郭沫若和魯迅名字常常被聯繫在一起，他們之間也有一些可比性：都曾留日學醫，又都棄醫從文，都是新文學、新文化運動的代表人物，以後又都被共產黨推崇為文化旗手。但是，要說二人之間的關係，在魯迅活著的時候，並不是很好。二人在中國文壇上共同活躍了十幾年，一度同在上海居住。在 1928 年郭沫若留亡日本以前，要想與魯迅見面，機會是不難創造的。而且郭沫若的住所寶安樂路（今多倫路）與魯迅的住處景雲里不過一箭之遙，步行也用不了 10 分鐘。但二人不但沒有見過面，還多次筆墨相譏。國內已經出版的著作，多致力於挖掘魯迅與郭沫若希望聯合的一面，比如兩人曾同在《創造月刊》的特約撰述人和左聯發起人的名單中簽名，都被反覆地提及。其實在這種幾十個人的名單裏並列，並不能證明互相之間有什麼友誼。而實實在在的文字，卻記下了雙方的磨擦。

　　比如，1928 年 6 月 1 日，郭沫若化名杜荃，寫了一篇題為〈文藝戰線上的封建餘孽〉的文章，發表在當年 8 月 10 日出版的《創造月刊》第二卷第 1 期上，開頭就說，「魯迅的文章我很少拜讀」，最後是這樣評價魯迅的——

> 他是資本主義以前的一個封建餘孽。
> 資本主義對於社會主義是反革命，封建餘孽對於社會主義是二重性的反革命。

魯迅是二重的反革命的人物。

以前說魯迅是新舊過渡期的游離分子，說他是人道主義者，這是完全錯了。

他是一位不得志的 FASCIST（法西斯諦）！

魯迅當時就知道這篇文章是郭沫若化名之作。以後，他也不客氣地回敬郭沫若一頂桂冠——「才子加珂羅茨基（流氓痞棍）」。

直到魯迅臨死前發生的「國防文學」和「民族革命戰爭的大眾文學」兩個口號之爭，郭魯也是各持一端，處於對立面。

所以，認為魯迅在世時與郭沫若並無友誼，大致是符合事實的。

自然，評判郭魯關係，不能完全以魯迅的好惡為標準，也不能完全以郭沫若的好惡為是非。在當時，文壇上這種相互攻訐的文章是很常見的。郭沫若比魯迅年輕，1928 年時才 30 多歲，自以為革命真理在手，便宣佈魯迅過時了，不革命，甚至是反革命，這沒有什麼好奇怪的。

當時，在後期創造社看來，「五四」文學革命是資產階級性質啟蒙運動，而他們所做的文化批判是無產階級性質的啟蒙運動，創造社這些青年一心要清算和結束「五四」文學革命，並且要在中國掀起一場嶄新的馬克思主義的宣傳運動。當時，正值日本共產黨福本和夫左傾路線的高峰。由於日本文壇的影響，李初梨、成仿吾等從日本回國以後，決心使中國文壇轉換方向。他們接受了福本和夫的主張，援引列寧的理論，以「分離結合」的說法，認為要創立有明確階級意識的無產階級集團的組織和密切結合的雅各賓黨，為了實現這種聯合——必須在聯合之前首先徹底地分裂，這就是列寧的組織理論的核心。這個理論成為後期創造社提倡無產階級文學，進行理論鬥爭和促使文壇轉向的理論依據和鬥爭策略。他們有意識地通過對前期創造社的決裂和對魯迅、葉聖陶、郁達夫、張資平等新

文學作家的批判,來重新劃分作家隊伍和高揚無產階級意識。這正是郭沫若攻擊魯迅的政治思想背景。

　　在野的文人,互相之間帽子扣得再大一點,也不能把對方怎麼樣。這不同於當權之後,一頂政治帽子就可以將對方置於死地。年青人,總喜歡標榜自己比上一代更先進,郭沫若也是那麼走過來的。就像當今一些年青作家、詩人用極端之詞,表明自己前衛,要與上一代人斷裂一樣。不必把這種高調看得過於嚴重。筆墨相譏的雙方,誰也想不到日後要被執政者冊封為旗手。尤其是郭沫若,更想不到自己在魯迅死後,會被樹立為魯迅的繼承人。

　　魯迅逝世後,郭沫若又生活了四十餘年。這回他再不能說自己對魯迅的文章很少拜讀了。而是在「拜讀」之餘,於各種不同的公開場合,極力讚美魯迅的偉大。讚美的方式,隨當時政治形勢的需要不斷增添新的內容。據林林在回憶文章中說:「在我印象中,郭老參加魯迅紀念會的次數是非常多的,每次都給魯迅很高的評價,紀念文章也寫得不少。從在市川聽到魯迅逝世的那天(十月十九日)夜間就連忙寫悼文,說魯迅是我們中國民族近代的一個傑作,把魯迅與高爾基相提並論。十一月初又寫〈不滅的光輝〉,讚揚『魯迅始終是為解放人類而戰鬥一生的不屈的鬥士,民族的精英』」。「一九三七年十月間,魯迅逝世周年紀念,那時抗戰已經開始,郭老從日本才回到上海二三個月,上海文化界救亡協會戴平萬、林淡秋、梅益等同志,要我邀請郭老到魯迅逝世周年紀念大會講話,我就給郭老說了,他當然應允,並對我說,『我又得說魯迅的好話。』」[1]直到「文革」開始,紀念魯迅逝世 30 周年,郭沫若在中央文革召開的大會上還發表了〈紀念魯迅的造反精神〉的講話,其中談到:魯

---

[1]　林林《這是黨喇叭的精神》,《郭沫若研究資料》(上) 第 520 至 521 頁,中國社會科學出版社,1986 年。

迅願意把毛主席的親密戰友「引為同志」而能自以為光榮，在我看來，這可以認為是魯迅臨死前不久的申請入黨書。毛主席接下來肯定魯迅為「共產主義者」，這也可以認為魯迅的申請書已經得到了黨的批准。魯迅如果還活在今天，他是會多麼高興啊！他一定會站在文化革命戰線的前頭行列，衝鋒陷陣，同我們一起，在毛主席的領導下，踏出前人所沒有走過的道路，攀上前人所沒有攀登的高峰。

　　以這樣的方式評論魯迅，固然是一種「稱讚」，但與真實的魯迅相比，已經相當離譜了。「引為同志」四個字，出自〈答托洛斯基派的信〉，此文是魯迅晚年病重時馮雪峰代擬的。魯迅同意了，自然也可以算作魯迅的意見，是對「為著現在中國人的生存而流血奮鬥者」的認同。但魯迅要求加入中國共產黨則實在是子虛烏有。在魯迅看來，如要思想自由，特立獨行，加入某種紀律嚴格的政黨是不相宜的。他晚年與周揚等共產黨人在左聯共事很不愉快就是例子。以至於 1936 年馮雪峰從陝北秘密前往上海找他聯繫，他一見面就說：「這兩年我給他們擺佈得可以！」馮雪峰向魯迅介紹了共產黨長征以來的狀況以後，魯迅半開玩笑半認真地問：「你們從那邊打過來，該不會首先殺掉我吧？」這些情況，會場上的一般群眾、紅衛兵小將，是不可能知道的，但作為過來人的郭沫若，卻是應該知道的。真實的魯迅是什麼並不重要，重要的是怎麼利用魯迅服務於現實。在這一點上，主持會議的中央文革大員們也好，奉命發言的郭沫若也好，其實都心知肚明。

　　文人一旦被執政者封為旗手，一言一行就成了社會的樣板、輿論的準繩。話只能按一定的口徑說，而且以前的事也不便承認了。直到 1977 年 11 月 16 日郭沫若過 85 歲生日那一天，創造社老友馮乃超去看望他。回來後馮乃超記述道：「我同幾個同志到他家裏去，看他精神好了些，便問他曾否用過杜荃這個筆名，他有些

茫然的樣子回憶說：『我用過杜衡、易坎人……的筆名，杜荃卻記不起來了。」

　　然而，一些專家經過認真考證，還是認定，杜荃就是郭沫若。這個結論，已為中國學術界普遍接受。

甲骨文與古史研究

　　流亡日本期間，郭沫若奠定了他一生中最重要的學術成就，這就是對中國古代社會的研究。他以甲骨文等地下發掘的史料，運用馬克思主義的觀點，對中國古代社會做出了新的解釋。

　　他回憶說，「在當初，我第一次接觸甲骨文字時，那是一片墨黑的東西，但一找到門徑，差不多只有一兩大工夫，便完全解除了他的秘密。這倒也並不是我一個人有什麼了不起的本領，而是我應該向一位替我們把門徑開闢出來了的大師，表示虔誠的謝意的。這位大師是誰呢？就是 1927 年當北伐軍進站到河南的時候，在北平跳水死了的那位王國維了。

　　「王國維的存在，我本來早就知道。在他生前，我讀過他的一部《宋元戲曲考》，雖然佩服他的治學方法的堅實和創獲的豐富，但並沒有去追求過他的全部。他在中國古代史，在甲骨文字的解釋上，竟已經建樹了那樣劃時代的不朽的偉業，我是一點也不知道的。讀到了《殷虛書契考釋》，對於他的感佩又更加深化了。那書中一首一尾都有他做的序，不僅內容充實，前所未有，而文筆美暢，聲光沒然，真正是令人神往。」[1]

　　他還回憶說：「我跑東洋文庫，頂勤快的就只有開始的一兩個月。就在這一兩個月之內，我讀完了庫中所藏的一切甲骨文字和金文的著作，也讀完了王國維的《觀堂集林》。我對於中國古代的認

---

[1]　《沫若文集》第八卷 344 頁。

識算得到了一個比較可以自信的把握了。在這些書籍之外，我連帶的還讀到其他的東西，我讀過安德生的在甘肅、河南等地的彩陶遺跡的報告，也讀到了北平地質研究所的關於北京人的報告。凡是關於中國境內的考古學上的發現記載，我差不多都讀了。因此關於考古學這一門學問，我也廣泛地涉獵了一些。這些努力便使我寫成了《卜辭中的古代社會》那一篇，文章的末尾雖然寫著 1929 年 9 月 20 日脫稿，但大體上在 1928 年的 10 月，已經基本完成。」

郭沫若的確是個才子。他突然闖進這個新的學術領域，就取得了突破性的成就。這個成就得到了各方面學者，包括非左翼的學者的好評與重視。

當時，傅斯年就有意幫助郭沫若出版他的成果。據郭沫若回憶，關於《甲骨文字研究》的出版，費過一些周折。「我從 1928 年的年底開始寫作，費了將近一年功夫，勉強把初稿寫成之後，我曾經郵寄北平，向燕京大學的教授容庚求教。

「寄給容庚後，他自己看了，也給過其他的人看。有一次他寫信來，說中央研究院的傅孟真（斯年）希望把我的書在《集刊》上分期發表，發表完畢後再由研究院出單行本。發表費千字五元，單行本抽版稅百分之十五。這本是很看得起我，這樣的條件在當時也可算是相當公平，但我由於自己的潔癖，鐵面拒絕了。我因為研究院是官辦的，我便回了一封信去，說：『恥不食周粟』。

「我一面拒絕了別人的好意，一面卻在上海方面尋找著出版的機會。我曾經托過友人向商務印書館交涉，就在這兒我的傲慢卻得到懲罰。商務的負責人連我的原稿都不想看就鐵面拒絕了。商務印書館的人們要拒絕，當有他們的充分的理由。像研究甲骨文字那樣的書，首先就不能賺錢，而研究者又是我，在當時或許以為我是在發瘋吧。」

後來，還是李一氓幫助聯繫，使郭沫若的《中國古代社會研究》、《甲骨文字研究》、《殷周青銅器研究》於 1930 年和 1931 年分別在上海大東書局出版，頗受好評，確立了郭沫若的學術地位。

20 世紀 40 年代中期，顧頡剛寫作《當代中國史學》一書時，對郭沫若作了這樣的評價：「研究社會經濟史最早的大師，是郭沫若和陶希聖兩位先生，事實上也只有他們兩位最有成績。郭先生應用馬克思、莫爾甘等的學說，考察中國古代社會的真實情狀，成《中國古代社會研究》一書。這是一部很有價值的偉著，書中所說不免有些宣傳意味，但富有精深獨到的見解。中國古代社會真相，是由此書後，我們才摸到一點邊際。這部書的影響極大，可惜的是：受它影響最深的倒是中國古史的研究者，而一般所謂『社會史的研究者』，受他的影響卻反不大，這是因為當時的『社會史研究者』，大部分只是革命的宣傳家，而缺少真正的學者，所以郭先生這部偉著，在所謂『中國社會史』的論戰中，反受到許多意外的不當的攻擊。」

事實上，從那以後，如果不是用有力的證據推翻其中的觀點，就會一直在延用。這十年當中，他還有《卜辭通纂》、《殷契粹編》、《金文叢考》等重要歷史考古學術著作。顧頡剛說，「在甲骨文的研究上，王國維之後，能繼承他的是郭沫若先生。」

1948 年，中央研究院第一屆院士選舉時，最初人文組候選人有 55 人，經過五輪選舉，在最後當選的 28 人中始終有郭沫若。胡適的日記中記下了他所提出的候選人，其中就有郭沫若，據說力主郭沫若當選的是傅斯年。在胡適推薦的名單中，考古組人選中董作賓排第一位。董作賓在 1948 年 2 月 2 日從芝加哥寫信給胡適說：「春間中研院邀院士，您必出席，關於考古學方面，希望您選思永或沫若，我願放棄，因為思永兄病中，就給他一點安慰，沫若是外人，以昭大公，這事早想託您。」

　　20 世紀 50 年代，中國大陸成了馬克思主義史學的一統天下，最早應用馬克思主義研究中國歷史的郭沫若、范文瀾、翦伯贊、呂振羽、侯外廬被稱為史學界的「五朵金花」，以郭沫若為首。他的甲骨文研究成果又使他進入成為代表這一學科最高成就的「四堂一宣」之列：四堂是羅雪堂（羅振玉）、王觀堂（王國維）、董彥堂（董作賓）、郭鼎堂（郭沫若），一宣即是「胡厚宣」。

于立群

　　郭沫若與于立群的婚姻曾經受到質疑：怎麼能棄五個孩子與患難的妻子於不顧，半年之內就與另一女子同居，不到一年就又結婚了呢？

　　聯繫郭沫若經常或「短時」或「長時」的移情別戀，甚至可以為一個素不相識女子的信去赴約，他的又一次婚變並不奇怪。

　　郭沫若與于立群的婚姻，同與于立忱的一段情緣是分不開的。于立忱是于立群的姐姐。她們原籍是廣西賀縣，生長於北京。于立忱畢業於北京女子師範大學，與郭沫若認識時是天津《大公報》駐東京記者，據說二人「情誼甚篤」。1937 年 2 月于立忱回國，5 月自殺了。自殺前的遺書寫道：「如此家國，如此社會，如此自身，無能為力矣」。死於對自身、對世事的絕望。可見于立忱的個性是很強的，無論是她與《大公報》主編張季鸞的情愫，還是與郭沫若的情分，都沒有留住她的生命。

　　郭沫若 1937 年 7 月回國後，在上海結識了于立群，並留下很深印象，當然與于立忱有關係。那時于立群是戲劇電影界的演員，藝名黎明健，人很沉穩、矜持。她在郭沫若的眼裏是：兩條小辮子，一身藍布衫，一個被陽光曬得半黑的、差不多和鄉下姑娘的樣子。「鳳眼明貞肅，深衣色尚藍。人前恒默默，含意若深潭。」于立群最初見到郭沫若，自然是對郭已經知道很多，她還把姐姐思念郭沫若的遺詩轉交給了他。郭沫若心情非常不平靜，心想：我有責任保護她，但願能把愛她姐姐的心轉移到她身上。此後，于立群多次與

郭沫若同上前線慰問抗日將士。郭沫若一直想到南洋去,向那裏的僑胞募集款項辦報,或做其他文化工作。後來,他在廣州謀到一筆款,在籌辦《救亡日報》過程中,又與于立群等一群南下的文化人在香港、在廣州相聚。

這中間陳誠從武漢打電報來,讓他去武漢,參加籌備國民黨政治部第三廳的工作,準備委任他為廳長,主持抗戰時期的宣傳。因為他畢竟在北伐時與國民黨有過合作,抗戰他能夠回國,也是國民黨解除了對他的通緝,想利用他的聲名。此時的郭沫若已非北伐時期的郭沫若可比。郭本不想參加這項工作,認為冰炭難以相容。但是周恩來讓他考慮答應,說,如果你做第三廳廳長,我才可考慮接受他們的政治部副部長(陳誠任部長)。郭沫若答應去武漢與陳誠談談。這時于立群也要到武漢,想經八路軍辦事處介紹到陝北讀書。行前他們在新亞酒店等待《救亡日報》的主編夏衍來接手郭沫若的工作,這時郭沫若與于立群已日日在一起寫顏體大字了。于立群有家傳,寫一手好顏體字。夏衍在送他們上火車時曾開玩笑地對于立群說:到那邊(指去陝北),不要和別人「拍拖」呀!郭沫若心說:「我在精神上已經緊緊「拍拖」住她了。可見這時他們的關係已非同一般。

郭沫若到武漢,感到陳誠對他誠意不夠,他向陳誠提出當廳長的三項條件後,一氣之下,就去了長沙。他還是想從那裏去南洋。這時是 1938 年 2 月,他已同于立群同居一個月了。他去長沙前對于立群說:「我要到長沙去,說不定不會再回來了。你去陝北,我們雖然相隔遙遠了,但後會有期。」于立群沈默不語,很是憂鬱。這時從郭沫若的態度上看,他是否與于立群結婚並不一定。如果以後長時間不見,那也不過是又一段情緣而已。後來,周恩來還是派于立群把郭沫若叫了回來。很多人都認為,能讓郭沫若回到武漢,是來自于立群愛情的力量。郭沫若與于立群一回到武漢,從此就住

在了一起。當初建議于立群去陝北的是郭沫若，現在兩人的感情已發展到于立群不能再去陝北了。之後，他們又同住在重慶觀音岩下張家園內。1939 年 4 月他們的第一個兒子郭漢英出世。

郭沫若這次婚姻得到了共產黨人的促進。他們力促郭沫若重新建立家庭的理由可以這樣理解：中日交戰是持久戰，國與國之間的封鎖將會是長期的，郭沫若已被樹為文化界的旗幟，如果他的妻子是中國人，當然比日本人更合適。

郭沫若在抗戰期間所有的工作與于立群對他的支持、體貼是分不開的。從抗戰開始到 1948 年，他們已有五個孩子，也可以說明問題。

當然，在婚姻愛情問題上，郭沫若仍總有懺悔意識，並讓他一生都得不到安寧。比如對張瓊華，他說：「我一生如果有應該要懺悔的事，這要算是最大的一件。」但是正如閻開振在〈剪不斷，理還亂〉一文中所說：「深受民主與自由思想洗禮的郭沫若是不以性愛為惡的，但他的罪惡感來自『愛情至上』的追求與道德的衝突。」比如：他「一方面要戀愛自由，一方面又感到自己已婚男性的卑鄙、骯髒，與安娜結婚便破壞了她少女的童貞，沾污了純潔的愛情。而娶于立群之後，懺悔的表現是對安娜的念念不忘和對『別婦拋雛』原因的不停闡釋。儘管有為自己開脫責任之嫌，但畢竟是一種真誠的痛悔，以至於淡化了對于立群的愛情。」[1]

總之，在自由與責任方面，郭沫若有負於與他有過深刻關係的幾個女性。

---

[1] 《眾人眼裏的郭沫若》第 144 頁，鷺江出版社，1993 年。

第三廳

　　1937 年 7 月 7 日發生盧溝橋事變，7 月 27 日郭沫若結束了在日本 10 年的亡命生涯回到上海。回來後就立即投入了抗日鬥爭救亡的宣傳、鼓動中去……發表演說，組織文化工作隊，創辦《救亡日報》。郭沫若回到祖國後，在抗日初期最突出的活動就是領導了國民黨軍事委員會政治部第三廳的工作，這段經歷，從 1938 年初到 1940 年 9 月，雖不到三年時間，卻很曲折。

　　1937 年 5 月，郭沫若連收到郁達夫的兩封信。郁急於通知他：為他回國的事，經長期奔走，已有眉目。信中說，他收到南京的來電，讓他致書郭沫若，告之蔣介石對他要有所借重，希望他速歸。至於南京方面為什麼會召郭沫若回國，郁在信中提到，是福建省主席陳公洽，宣傳部長邵子力，還有何廉、錢大鈞等人「均係進言者」。這其中還有什麼奧妙？郭後來才清楚，原來，由於他的甲骨、金文研究上的成就，引起了西園寺公望的注意。這位頗有名望的日本政界元老，認為一個四十歲上下的人能取得這樣的成績太不容易了。日本報紙將這個消息當作新聞報導出來，1934年上海《社會新聞》曾刊出〈郭沫若受知西園寺〉一文，稱西園寺十分讚賞《中國古代社會研究》及其有關古文字研究著作。當時國民黨方面是想以這種新聞說明郭沫若投靠西園寺當了漢奸。到了 1937 年，據說國民黨親日派張群、何應欽等為了與日本勾結，便想到郭沫若與西園寺公望的關係可以利用，於是就請陳公洽託郁達夫轉告郭沫若可以回來。回國有望，郭沫若非常興奮。就給

郁達夫回信說，有兩件事需要當局預先辦好，一是取消通緝的手續，二是匯上足夠的旅費。達夫原來說：「此事當能在十日之內辦妥」，但是一個多月過去了還未有音訊。「七‧七」事變爆發後，郭已等不及，他知道了國民黨對他的態度，便在友人錢瘦鐵、金祖同的幫助下，貿然回國了。

1937 年 7 月 27 日，郭沫若避開了日本員警的嚴密監視，逃離日本回到上海。國民黨政府行政院政務處處長何廉專程從南京趕來迎接。郁達夫是接到中國駐日本大使館的電報，專程從福建趕到上海迎接郭沫若。接下來原創造社、太陽社和一些舊友新知沈尹默、姚潛修、張鳳舉、李初梨、鄭伯奇、阿英、葉靈鳳、周憲文等陸續來訪、宴請、暢談。7 月 30 日，國民黨當局發佈消息取消對郭沫若的通緝令。共產黨方面事先並不知道他要回國的消息。三天後，共產黨方面負責人潘漢年才知道郭沫若回國，並馬上報告中共中央。中央明確指示由夏衍充當郭的助手。潘漢年對夏衍說，郭沫若是大作家，而且是戰士，國內外都有影響，在這個時候對黨對抗戰可以起很大的作用。但他究竟過了十年書齋生活，對國內的情況難免生疏。他的各方面的朋友很多，有些人要來看他，讓夏衍及時把這些人的政治態度告訴郭沫若。8 月 2 日郭沫若在中國文藝協會上海分會和上海文藝界救亡協會舉行的歡迎會致完答詞，最後還含淚朗誦了他那首步魯迅韻所作的七律：「又當投筆請纓時，別婦拋雛斷藕絲⋯⋯，」使滿座興歎。

夏衍在《懶尋舊夢錄》中回憶：「沫若回到上海大約十天後，潘漢年向沫若和我傳達了恩來同志的口信，由於當時已經考慮到《新華日報》不可能很快出版，所以明確地決定，由上海『文救』，出一張日報。於是，我們和胡愈之、鄭振鐸、張志讓等商量後，決定出一張四開的、有國民黨人參加的、統一戰線性質的『文救』機關報。由郭沫若任社長。」8 月中旬，郭沫若、潘漢年、夏衍三人

找到潘公展商談，雙方決定，各派一主編，(「文救」方面派的是夏衍；潘公展派的是樊仲雲。)各出五百元錢。這樣，郭沫若回國後第一件大事，《救亡日報》於 8 月 24 日問世了。

在民眾抗日的熱潮中，郭沫若立即投身抗日救亡的宣傳活動，領導上海市文化界救亡協會，為中共上海地下黨辦的宣傳抗日的《早報》編副刊，他的一些舊體和自由體的詩及社論、通訊又在報刊上出現了。他應陳誠之請，組織了三個戰地服務團，分別到陳誠總部和張發奎、羅卓英部隊負責宣傳服務工作。每團三四十人，人選由郭決定，生活費及服裝均由軍部供應。在潘漢年、夏衍的協助下，杜國庠、左洪濤、錢亦石三名共產黨員分別為戰地服務團團長，許多文學、戲劇電影、繪畫、音樂工作者十分踴躍參加，順利開赴了到前線，做宣傳、鼓動、服務工作。郭沫若還到蘇州、南京、嘉定等地考察、慰問。在兩個月的抗戰中，他感受到了軍民的抗戰熱情。他說：「武裝著的同胞們是以自己的血、自己的肉，來寫著民族解放的歷史。」他說抗戰振作了民族的精神，「把罩在我們民族頭上陳陳相因的恥辱、悲愁、焦躁、憤懣，一掃而空了。」而他自己也感覺到「額上的皺紋，眉間的鬱浪」，似乎也「隨著這民族的覺醒的機運而消逝了」。

1937 年 9 月 23 日郭沫若抵南京，訪過八路軍辦事處的葉劍英後，又訪邵子力、陳銘樞等人。次日蔣介石接見了他。蔣介石希望郭沫若留在南京，準備給他安排一個「相當的職務」。蔣介石說，「一切會議你都不必出席，你只消一面做文章，一面研究你的學問好了。」還問到他對甲骨文、金文今後是否尚有繼續研究下去的興趣；蔣介石表示，將來可以設法幫助他把散在歐美各國的古器物學的材料收集起來。郭沫若說：「古器物學的研究，在中國似乎有成為一般趣味的傾向，但我自己回到中國僅僅兩月，對於那些研究好像隔了兩個世紀。沉潛在那些裏，在我自己倒是一種危機。」他向蔣介

石表示：「沒有可能參加任何的機構」，「文章我一定做，但名義我不敢接受。」實際上謝絕了對他的安排。

1937 年 11 月 12 日上海淪陷，郭沫若和夏衍於 8 月下旬創辦的《救亡日報》被迫停刊。

郭沫若 11 月 27 日離開上海。據他在《洪波曲》中回憶，他是打算以香港為中轉地，再到南洋去募集抗日宣傳的資金。但有朋友勸他，到南洋也不一定有把握，不妨在國內先搞好一個基礎再出去募集。他就想先把《救亡日報》恢復起來。於是同林林、姚潛修、葉文津、郁風、于立群等一群朋友從香港到了廣州。他在廣州四處奔走，多處碰壁之後，得到廣東軍人余漢謀的支持，余答應每月捐助毫洋一千元，作為《救亡日報》經費。這樣《救亡日報》復刊有了著落。這時候，郭沫若還想到南洋，先是請林林、姚潛修、葉文津、郁風幫忙編輯報紙，又打電報請總編輯夏衍接替他。《救亡日報》1938 年元旦在廣州復刊。他在復刊詞中指出：「文化若亡，民族將永歸淪陷。」關於在廣州恢復《救亡日報》的事情，據夏衍說，上海失守前，周恩來就已經決定，上海失守後，就轉到廣州復刊。夏衍說：「在這三個月內，我和郭沫若的接觸中，察覺到郭沫若對自己今後的工作，還沒有打定主意，在性格上，他依舊是個浪漫主義詩人，……當他知道周揚、初梨等去了延安，他就責怪漢年為什麼不讓他同去。當我和他談到《救亡日報》經濟困難，是否可以派人到南洋去向華僑籌款的時候，他毫不思索地說：『我去！那邊我有朋友，也可以做華僑工作。』總的說來，他有點『前途渺茫』之感。我把這種感覺到的情況告訴了漢年，他說：郭今後的動向，要等恩來的……我們決定，以林林、周鋼鳴、葉文津三人為主，準備遷穗的籌備工作。」「對於上海淪陷後的工作，我記得「文救」還開過一次理事會，郭沫若、胡愈之、張志讓、鄭振鐸、阿英、薩空了……都參加了。郭沫若對《救亡日報》決定遷穗的事作了簡單的

報告，我做了補充，……社長仍由郭先生擔任，國共雙方的總編輯不變……。」[1]

就在郭沫若等待夏衍赴穗之際，有一天，郭沫若接到了武漢打來的電報：有要事奉商，希即命駕，陳誠。」自京滬失守後，軍事和政治中心已經到了武漢，當時陳誠在武漢擔任警備司令。郭沫若決定去一趟武漢。在等待夏衍的時間，他和于立群住在新亞酒樓，每天在一塊寫顏體大字。

郭沫若到了漢口由葉挺陪同見了黃琪翔，他才明白，原來國民黨軍隊又打算恢復政治部，由陳誠擔任部長，周恩來和黃琪翔任副部長，下分設四個廳，總務廳之外設一、二、三廳，一廳管軍中黨務，二廳管民眾組織，三廳管宣傳，他們的意思讓郭沫若任三廳廳長。郭沫若到八路軍辦事處向周恩來提出，他不願意做這個官。在場的有鄧穎超、王明、博古、林伯渠、董必武。他說，理由一是自己的耳朵聾，不適宜幹這項工作；二是在國民黨支配下做宣傳工作，只能替反動派賣膏藥，幫助欺騙；三是自己處在自由的地位說話，比加入了不能自主的政府機構，應該更有效力一點。另外他還有一種顧慮，怕做了官，青年人不會諒解他。王明認為，能到國民黨內部工作，是共產黨好不容易爭取來的。現在找能讓兩方面都接受的人不多，我們應該爭取這項工作。周恩來說，你可以考慮，不要把宣傳工作看得太簡單了。還說，有你做三廳廳長，我才考慮接受他們的副部長，不然那是毫無意義的。郭沫若認定國民黨讓他去，肯定是做傀儡。後來果然不出所料，安排的第一廳廳長是賀衷寒，第二廳廳長是康澤，第三廳廳副廳長是劉健群，都是國民黨嫡系。郭沫若對陳誠說：「劉建群是一位幹才，就讓他做廳長好了，何必要把我的名字加上呢？陳誠說：「你的大名連借用一下都不允

---

[1]　夏衍《懶尋舊夢》，三聯書店，1985。

許嗎？」不經意之間，讓郭沫若看出了他們的用心，果真把他當傀儡！還有一次，陳誠以「請吃飯」的名義，召開了一次部務會議，所擬的高級官員都來了，單單沒有周恩來，郭沫若非常氣憤，「差不多快要光火了」。在這次會上他發言首先拒絕了第三廳長職務，並以一個朋友的身份，說明宣傳工作的困難及其重要，希望陳誠改變門禁森嚴的狀態。而後，郭沫若一氣之下連周恩來都不想見，怕他挽留，就離開武漢去了長沙，想從那裏繼續去南洋。他請人轉告周恩來：「讓我擔任三廳廳長，我的要求是，一、工作計畫事先擬定，不受牽制；二、人事必須有相對的自由；三、經費確定，預算由我們來定。」

　　郭沫若到長沙，受到老朋友田漢一班朋友的熱情歡迎和款待。但是武漢方面的朋友時有來信讓他不要感情用事。他很矛盾，以他的身份怎樣為抗戰更能盡力？他當然覺得還是不去南洋的好。況且又很牽掛于立群，這時他感到同于立群的感情早已到了難於分離的程度。如果他去了南洋，于立群就會去延安，從此也就各奔東西了。陳誠也有幾次電報到長沙，表示一切問題都可以當面商量。甚至表示，要等郭沫若回去，三廳才開始組織。後來周恩來派于立群從武漢到長沙，告訴郭沫若，陳誠對周恩來有了明白的表示，要郭沫若立即回去。還說副廳長人選也不成問題，那位劉建群惹出了桃紅事件，已經跑到重慶去了。這時田漢在一旁也催促：還有什麼值得考慮的呢？我不入地獄，誰入地獄！朋友們都在地獄門口等著，難道你一個人還要留天堂裏嗎？郭沫若問田漢：「那麼，你是願意入地獄了？」田漢說：「當然，不會讓你一個人受罪！」郭沫若說：「好吧，我們就去受罪吧……」田漢將正在辦的《抗日日報》交給別人來辦，同郭沫若一道去了武漢。

　　郭沫若回到漢口，陳誠趕來看他，答應了他的三項條件。郭沫若提出事業費究竟可以給多少？陳誠答道，國防軍少編兩軍人，你

總會夠用了吧？當時國民黨的一個軍，月費是在四十萬元左右。（但是後來根本沒有兌現。郭沫若組織人搞過兩次預算，都被擱到一邊。直到武漢撤退，政治部遷到衡陽之後，才批准了四萬元的預算，只相當於陳誠答應的數目的二十分之一。）經過一番曲折，政治部三廳在郭沫若的主持下於 1938 年 4 月 1 日「正式開鑼」了。

　　憑著全民抗戰的旗幟，憑著郭沫若在文化界的威望，大批的從事文化宣傳和文藝工作的人才都聚集到第三廳來了。郭沫若邀請陽翰笙為主任秘書，傅抱石為秘書。按照政治部的統一編制，三廳下設三處九科，按大順序排，第五處掌管動員工作，由胡愈之任處長，其下第一科負責文字編纂，科長徐壽軒，第二科負責民眾運動，科長張志讓，第三科負責總務、印刷，科長尹伯休；第六處掌管藝術宣傳，由田漢任處長，其下第一科負責戲劇、音樂，科長洪深，第二科負責電影制放，科長由中國電影製片廠廠長鄭用之兼任，第三科負責繪畫、木刻，科長徐悲鴻；第七處掌管對敵宣傳，處長本擬請郁達夫擔任，因郁達夫在福建，一時趕不到，便請范壽康擔任，其下第一科負責設計和日文翻譯，科長杜守素，第二科負責國際情報，科長董維鍵，第三科負責日文製作，科長馮乃超。此外還有許多科員如史東山、應雲衛、馬彥祥、冼星海、張曙、杜國庠等等，差不多都是國內知名的文化人，在各自的領域都有很高的地位。所有的人都是一接到邀請便來赴任，只有徐悲鴻到武漢後，因接待者失禮，而離去。如此強大的陣容實屬罕有，使陳誠和整個政治部感到驚詫。第三廳設在武昌城內西北隅的曇花林，各處、科、室有 300 餘人，加上「八一三」後由于伶、張庚負責組織的十二個救亡演劇隊到武漢會師，改編為由政治部三廳直接領導的抗敵演劇隊、孩子劇團、抗敵宣傳 4 隊、漫畫宣傳隊 1 隊共約 2000 人。

　　三廳一開張，為動員抗戰，振奮精神，立即組織了「擴大宣傳周」活動，把整個武漢三鎮的一切文化宣傳力量和黨政軍民、青年、

婦女全部組織了起來，連續七天，每天都有一個中心活動，如歌詠日、戲劇日、電影日、漫畫日等等，其中的一天晚上還組織了全城數十萬人的火炬大遊行。在這期間，又傳來台兒莊大戰勝利的消息，宣傳周如火上澆油，使整個武漢三鎮沸騰起來！長江兩岸火炬通明〈義勇軍進行曲〉、〈大刀進行曲〉等歌聲嘹亮。

接下來是連續三天的「七七」事變紀念周活動。特別是其中的獻金活動，更把紀念活動推向高潮。據統計，獻金人數在一百萬人以上，所獻各種金銀財物折合法幣總數達 100 萬元以上。很多人一獻再獻，連獻十次、二十次！這活動完全出於郭沫若的設計，也由於他的堅持才得以進行。可見，人民群眾的抗戰熱情和郭沫若極易高漲的熱情，達到了空前的統一。

郭沫若還多次深入前線，鼓舞士氣，組織抗敵演劇隊去台兒莊前線進行宣傳。給受當局阻撓的新聞記者簽發前線採訪通行證，設立戰地文化服務站，籌辦運輸車輛，把慰勞物資、醫藥用品和宣傳印刷品送上前線等等，並撰寫了〈魯南勝利之外因〉、〈紀念台兒莊〉、〈來他個「四面倭歌」〉等文章，做了大量的抗日宣傳和戰地服務工作。

後來戰局急轉直下，郭沫若又投入到保衛大武漢運動中，隨後是武漢撤退、長沙大火、流亡桂林，所有這些活動中與事件中，郭沫若和他所領導的三廳工作人員都發揮了重要作用。

1939 年 1 月，國民黨通過了《限制異黨的辦法》，確定了「溶共、防共、限共、反共」的方針。在這種形勢下，郭沫若和三廳的活動對國民黨來說已完全失去意義，必然受到限制。1938 年底郭沫若來到重慶，1940 年秋，國民黨當局限令三廳人員「要抗日必須加入國民黨，否則即作離廳論」，遭到郭沫若和三廳人員的抵制。蔣介石下令去其第三廳廳長職務，調任為政治部部務委員，同時調任周恩來為政治部指導委員。三廳人員聞訊後集體辭職，以示抗

議。迫於形勢，國民黨方面決定另組文化工作委員會，給了郭沫若一個文化工作委員會主任的閒名。郭沫若說它是「花瓶」。

在周恩來、郭沫若領導下的第三廳，抗戰初期確實立下了大功勞。顯示出共產黨和一些左翼人士在文化界的活動能量和強大號召力。郭沫若擔任廳長雖然時間不長，卻成為奠定他左翼文化領袖地位的重要契機。這期間，第三廳領導下的十幾個抗敵演劇隊一直活躍在大後方，進行了廣泛的愛國抗日的宣傳，後來其中相當一部分人成為延安乃至中華人民共和國成立後文化戰線的領導和骨幹。到今天，一些老幹部也以在第三廳領導下工作為參加革命的標誌。

秘密黨員和黨喇叭

郭沫若在中國政治舞臺上活躍了近 60 年，公開地以共產黨員的身份活動只有兩段，一段是南昌起義後入黨到 1928 年旅居日本前的一年時間，一段是他人生最後的 20 年。以至於，很長時間郭沫若成了無黨派民主人士的代表。對此，家裏人是不滿意的。他女兒郭平英有一篇文章回憶她 60 年代在師大女附中讀書時說，「班上出身革命幹部、革命軍人的同學比小學時多了許多」。「正從那時起，我開始意識到一些同學臉上帶著一種眼神，那眼裏有自豪、自信和幾分神聖的驕傲，似乎從高處俯視著那些非『革幹』、非『革軍』出身的同學。我開始間或地聽到『郭沫若在大革命失敗以後自行脫黨』的議論，語氣中傳遞著作為『革幹』、『革軍』的家長們對知識份子，特別是來自國統區的知識份子某些偏見。」「我懊悔有這樣一個知名的家長，讓人評頭論足，還不如生在一個普普通通的人家裏，反到自在、舒暢一些。」1969 年中共召開九大，郭沫若是中央委員候選人。填表時秘書擬的是「1927 年入黨，後脫黨，1958 年重新入黨。」于立群不同意。最後決定只提 1958 年入黨，以前的事暫不提。

1958 年，公開宣佈郭沫若、李四光、李德全等人加入中國共產黨，在當時是一件很有影響的事。陳明遠和郭沫若比賽，看他先入共青團，還是郭沫若先入共產黨，也算當時的一段爭取進步的佳話。然而。不論是家屬的委屈，還是陳明遠的天真，都基於一個沒有披露的事實，郭沫若其實是以無黨派民主人士面貌出現的秘密黨員。

　　郭沫若去世以後，中共中央宣佈，他的黨齡從 1927 年算起。他是 1927 年南昌起義後，在行軍途中經周恩來和李一氓介紹加入中國共產黨的，到 1978 年逝世為止，一共 51 年。

　　有人提出，郭沫若在大革命失敗後去了日本，是自由行動，是自動脫黨，所以是解放後重新入黨。當時在周恩來身邊工作的吳奚如否定了這種說法。他在〈郭沫若與中國共產黨的關係〉一文中說，「郭老去日隱居，專心從事學術研究和著作，那是經過黨中央決定，保留黨籍，完成黨給予他的一項重大任務的。當年，白色恐怖遍及全國，一部分黨員投身於農村的如火如荼的武裝鬥爭，一部分黨員留在白區和國民黨統治區進行地下鬥爭而不斷遭受國民黨的逮捕和殺害。郭老當時已經是著名的革命文學家，政治活動家，而且許多國民黨人都認識。按當時他個人的具體條件，黨不能把他當作一個普通黨員派到鄉村去打游擊，也不能讓他繼續留在上海提倡『普羅文學』，聽任國民黨的殺害。當年，黨中央為了愛護像郭老這樣在社會上、學術界有名望的黨員，決定派他們到國外去隱居，專心從事學術研究，成為有聲譽的專家，以期在中國革命勝利後回國成為文化界的領袖人物，建設新中國的無產階級文化的基石。當年，合乎這個條件的黨員，除了郭老外，還有錢亦石同志和董老等。」[1]吳奚如還說，1937 年抗戰爆發，郭沫若「一從日本平安回到上海，就恢復了黨籍，叫做特別黨員，以無黨派人士出現，參加公開的抗日民主活動，去帶動當時廣大的民主人士向中央靠攏，起了比一個黨員更大的作用。他當時是特別黨員，受黨中央長江局周恩來同志等少數負責人直線領導，不過黨的小組生活，不和地方黨委發生關係。他在被周恩來同志決定出任國民黨軍委政治部第三廳

---

[1]　吳奚如〈郭沫若與中國共產黨的關係〉，引自《眾人眼裏的郭沫若》，第 271 頁，鷺江出版社，1993 年。

中將廳長時，只讓三廳的黨特支三個負責人（馮乃超、劉季平、張光年）知道他的特別黨員身份，秘密出席黨中央長江局有關第三廳工作的重大會議。在第三廳組成之前，郭沫若曾經和葉挺住在一道──原漢口日本租界太和里，有時自己不滿黨外民主人士這一身份的寂寞，就激情洋溢地來到長江局，向周恩來書記請命：『讓我住到長江局（當時對外叫做八路軍武漢辦事處）來，以公開黨員的身份進行痛痛快快的工作嘛！』周恩來總是以老戰友的情誼，對郭沫若慰勉交加，請他還是以非黨人士忍受內心的『寂寞』。」不久，于立群在 1938 年 5 月加入中國共產黨，也是由鄧穎超和郭沫若做入黨介紹人。鄧穎超當時是這樣通知于立群的：

> 親愛的媳婦── 小于
>
> 　好多天不見你，常常想念你那個小樣，怪可愛的。
> 你最惦著的問題，已經代你辦好了。我和沫若兄二人作介紹人，請你準備好加入進來罷。
> 　外附給沫若兄的收條，請轉給他為荷！匆匆不盡，盧山回來見！
>
> 你的媽媽
五月十八日[2]

　1938 年夏，中共中央根據周恩來的建議，作出黨內決定：以郭沫若為魯迅的繼承者，中國文化界的領袖，並由全國各地黨組織向黨內外傳達，以奠定郭沫若同志的文化界領袖的地位。」郭沫若到 1958 年才結束非黨人士身份，對社會宣告重新入黨，成為公開的共產黨員。

---

[2]　見郭庶英:《我的父親郭沫若》第 33 頁，遼寧人民出版社 2004 年 2 月出版。

　　周恩來的安排，的確不失為統戰的一著高棋。那些「革幹」、「革軍」子女畢竟年青，哪裡懂得像郭沫若這樣的秘密黨員，其作用絕非一般公開黨員能比。無黨派民主人士的身份不但在共產黨奪取政權時便於影響中間派，而且在執政之初也便於平衡政府組成人員的比例。郭沫若如果以共產黨員身份擔任政務院副總理，那中華人民共和國成立時共產黨方面的副總理就不是二分之一，而是四分之三了。當時，第一屆中央人民政府組成人員中的秘密黨員不止郭沫若一個，至少還有財政部副部長王紹鏊（中國民主促進會），貿易部副部長沙千里（中國人民救國會）、紡織工業部副部長陳維稷（民主建國會），輕工業部副部王新元（民主建國會）、林墾部副部長李相符（中國民主同盟）、教育部副部長韋愨、出版總署署長胡愈之（中國民主同盟）、副署長周建人（中國民主促進會）是身份保密的中共特別黨員。這就使第一屆中央人民政府組織成人員中的非中共人士，表面上占 45%，實際上只占三分之一。

　　然而，作為秘密黨員的郭沫若，其組織觀念之強，卻非一般黨員可比。這也是郭沫若從抗日戰爭到去世，一直緊跟毛澤東的一個心理依據。

　　不但是黨的最高領導，就是代表黨與他直接聯繫的任何人，不論資歷年齡是否不如他，他從來聽從安排，以黨的意志為依歸。林林寫過一篇文章，題為〈這是黨嗷叭的精神〉。文中說到：「1948年郭老已從重慶來到香港，暫住在九龍山林道的一幢樓上。當時又逢魯迅逝世紀念日，香港文學組織負責同志，要我請郭老出席講話，我就到他家裏說明來意，郭老問我，你們大夥打算怎樣紀念魯迅？我答說，我們商量這次紀念魯迅主要聯繫當前反蔣的解放鬥爭，說明四點，一是什麼，二是什麼，把四點內容說了一遍，他留心地聽著。我說，這只供先生參考，先生還是發揮您自己的見解。

　　從九龍渡過海，到了六國飯店大廳會場，群眾大都來了，不免打打招呼。郭老走到我身邊來了，低聲對我說，『你對我說四點，我只記住三點，還有一點忘記了，你再說一下。』我沒有想到先生這麼認真，就把他忘記的那一點告訴他，以為這就了事了。殊不知到了會議就要宣佈開始之前，他因和朋友打招呼，又忘記了那一點，又跑到後座的地方來問我，於是我又說一遍，心裏十分後悔不應該不寫個字面給他，但我當時卻沒有想到他一定要照我們那四點來講。

　　郭老講話了，他照著這四點逐點發揮，非常切合當時的政治和思想的情況。當時參加紀念會的同志，當能回憶起那次激動人心的演說。之後，我和有關同志談了郭老如何尊重組織決定的意見，我認為這就是黨喇叭的精神。」

　　石西民也在文章〈革命家郭沫若〉中提到郭沫若說過：「黨決定了，我就照辦；要我做喇叭，我就做喇叭。」[3]應該說，他這種黨喇叭精神一貫始終，至死不變。

---

[3]　引自《眾人眼裏的郭沫若》，第287-288頁，鷺江出版社，1993年。

五十大壽

　　郭沫若生於 1892 年，他的 50 歲生日應當是 1942 年。但中國人過生日習慣按虛歲，所以郭沫若在 1941 年 11 月 16 日隆重地慶祝了五十大壽。這次作壽搞得極其隆重。重慶、桂林、延安、香港乃至新加坡都舉行了慶祝集會。重慶的慶祝會有 2000 多人參加，馮玉祥主持，各界人士周恩來、黃炎培、沈均儒、老舍、張申府、張道藩、梁寒操、潘公展發表了賀辭。為一個在世的中年文化人做壽，可謂盛況空前。

　　給郭沫若做壽是周恩來的提議。早在一個多月以前，周恩來、陽翰笙來到被戲稱為「蝸居」的重慶天宮街四號三樓郭沫若家，提出慶祝郭沫若誕辰五十周年和創作二十五周年的動議。郭沫若說：「我沒有什麼重大的貢獻，不必了吧！」周恩來說：「為你做壽，是一場意義重大的政治鬥爭。通過這次鬥爭，我們可以動員一切民主進步力量，來衝破敵人政治上和文化上的法西斯統治。」並當場指定陽翰笙負責，並以中共南方局的名義通電成都、昆明、桂林、延安、香港等地黨組織，讓各地密切配合。

　　如此隆重地給郭沫若做壽，在當時，的確是一種政治鬥爭的需要。這年的 1 月，發生皖南事變，國共合作的局面出現空前危機，共產黨受到國民黨軍事的打擊和政治的壓迫。為郭沫若做壽，在政治上含有向國民黨示威的意味。但郭沫若又不是公開的共產黨員，表面上只是一個親共的文化名流，國民黨方面也不好公開反對。共產黨在都市力量薄弱，周恩來深知文化的號召力。對於知識界和廣

大市民來說，共產黨樹起郭沫若這面旗幟，又大大地有利於贏得人心。所以，這是周恩來在共產黨不利的形勢下策劃的一著扭轉局面的高棋。

然而，從此給左翼文化名人做壽，便成為一種風氣，多年之後，引起了一位自由知識份子的公開批評。

1947年3月12日，是田漢的五十大壽，洪深通過編輯蕭乾向《大公報》聯繫闢出專版為田漢慶賀。由於祝賀詞來得不夠踴躍，只好个按慣例排5號字而排成了4號字。《大公報》老闆為此責問蕭乾。蕭乾對祝壽問題，也產生了反感，便寫了一篇社評〈中國文藝往哪裡走？〉，發表在5月5日的《大公報》上。其中寫道：

> 每逢人類走上集團主義，必有頭目招募嘍囉，因而必起偶像崇拜作用。此在政治，已誤了大事；在文壇，這現象尤其不可。真正大政治家，其宣傳必仰仗政績；真正大作家，其作品便是不朽的紀念碑。近來文壇上彼此稱公稱老，已染上不少腐化風氣，而人在中年，便大張壽筵，尤令人感到暮氣。蕭伯納去年90大壽，生日那天猶為原子問題向報社投函。中國文學革命一共剛28年，這現象的確可怕得令人毛骨悚然。紀念「五四」，我們應革除文壇上的元首主義，減少文壇上的社交應酬，大家埋首創作幾部硬朗作品。那樣方不愧對文學革命的先驅。那樣，中國文藝才有活路可走。

蕭乾當時剛從英國回來不久，對國內文藝界的情況一是不瞭解，二是不適應，三是看不慣，於是寫了這篇惹禍的文章。「茅公」倒沒有介意，但「郭老」的反應相當激烈。1948年3月，他在《大眾文藝叢刊》上發表了一篇題為〈斥反動文藝〉的文章，給蕭乾以重拳回擊：

什麼是黑？人們在這一色下最好請想到鴉片。而我想舉以為代表的，便是《大公報》的蕭乾。這是標準的買辦型。自命所代表的「貴族的芝蘭」，其實何嘗是芝蘭，又何嘗是貴族！舶來商品中的阿芙蓉，帝國主義者的康伯度而已！摩登得很，四萬萬五千萬子民都被看成「夜哭的娃娃」。這位貴族鑽在集御用集團之大成的《大公報》這個大反動堡壘裏儘量發揮其幽紗、微妙的毒素，而與各色的御用文士如桃紅小生、藍衣員警、黃幫兄弟、白麵嘍囉互通聲氣，從槍眼中發出各色各樣的烏煙瘴氣。一部分人是受他麻醉著了。就和《大公報》一樣，《大公報》的蕭乾也起了這種麻醉讀者的作用，對於這種黑色反動文藝，我今天不僅想大聲疾呼，而且想代之以怒吼：

> 御用，御用，第三個還是御用，
> 今天你的元勳就是政學系的《大公》！
> 鴉片，鴉片，第三個還是鴉片，
> 今天你的貢煙就是《大公報》的蕭乾！

比起杜荃對魯迅的批判，這篇文章對沈從文、朱光潛、蕭乾等人的批判火力一樣猛烈。但後果卻完全不可同日而語。杜荃的文章可以用誤會來解釋，這時已經無法損害死去後倍受推崇的魯迅，而這篇文章幾乎等於政治審判，給沈、朱、蕭等人後半生的命運造成了嚴重的後果。沈從文1949年之後就走了背字。新中國之初，他曾迫切希望與舊日好友、正當紅的文藝官員丁玲聯繫，丁玲始終不肯見他，實在退卻不過，還帶上另一個人去見他。丁玲為什麼那麼怕見沈從文，是否與郭沫若的文章有關呢？因為郭的文章已經為沈從文確定了顏色。這種顏色的確定，難道是郭沫若自己能把握的嗎？北京大學的學生把郭沫若的文章寫成大字報貼在校園，沈從文

為此割腕兒自殺未遂，從此中斷了文學創作。蕭乾在 1956 年以前日子還算好過，1957 年被打成右派，文革中也自尋短見而未成。朱光潛則一再自我檢討，自我批判，在郭沫若活著的時候，一直抬不起頭來。

有意思的是，郭沫若在這篇文章中說：「抱歉得很，關於這位教授（朱光潛）的著作，十天以前，我實在一個字也沒有讀過。為了要寫這篇文章，朋友才替我找了兩本文學雜誌來，我因此得以拜讀他一篇文章《看戲與演戲》」郭沫若抓住朱光潛在這篇文章說的「人生有兩種類型，一種是生來愛看戲的，另一種是生來愛演戲的」一句，說「我們這位當今大文藝思想家，在重慶浮屠關受訓的時候，對於康澤特別『畢恭畢敬』行軍禮，到底是在『看戲』，還是在『演戲』呢？朱光潛青年時代在法國用英語寫過《悲劇心理學》，三十年代又有《文藝心理學》等多部著作出版，郭沫若從來沒有看過。他也曾表示，他不愛看小說，從他只抓住蕭乾與《大公報》的聯繫看，恐怕也沒有看過蕭乾的小說，卻說蕭乾是反動文藝家，有什麼根據？他因蕭乾對他的批評動怒反攻，為何捎上朱光潛和沈從文？為寫這篇文章，他又為何專門找來朱光潛的文章看？旗手的背後，難道沒有指令嗎？想想林林所說，在紀念魯迅的大會上，讓郭沫若講幾條，講什麼，不是都已經確定好了的嗎？當然，這時的郭沫若即充當著黨喇叭，也有著個人的私怨在其中。

這裏要說明的是，《大公報》是一家以「不黨、不賣、不私、不盲」為宗旨的民營報紙，當時取國共之間的自由立場，對國共雙方都曾有尖銳批評，其政見與郭沫若的確不同，但郭認定它屬於國民黨之「政學系」，乃是不實之詞。政學系，本來是國民黨內部以楊永泰、熊式輝、張群等人為首的一個既無組織、又無綱領，只是形跡比較接近的派系。抗日戰爭前，就有流言說《大公報》是政學系的機關報，但也僅僅是流言而已。政學系本身沒有綱領，自然也

不可能給《大公報》確定思想綱領；政學系本身沒有組織，也不可能派員主管機關報；經濟上《大公報》一向獨立，更沒有來自政學系的津貼。「政學系」的《大公》這種說法雖不是郭沫若的發明，但他為了搞臭蕭乾，採用了這種經不住推敲的流言。

歷史劇

　　郭沫若的歷史劇創作始於上世紀 20 年代初，1921 年就發表過歷史劇《蘇武與李陵》的楔子。1923 年又創作了第一部完整的歷史劇《卓文君》。此劇在紹興女子師範學院演出時引起過風波。後來，他又寫了《王昭君》等歷史劇。但他的歷史劇真正引起轟動，還是 1940 年代的事。

　　1941 年，重慶文藝界，為了慶祝郭沫若五十壽辰，獻出了兩台話劇，一齣是陽翰笙的《天國春秋》，另一齣是郭沫若重新修改過的早年作品《棠棣之花》。周恩來建議該劇採取全明星制，從主角到配角都由一流演員擔任，於是這齣戲就由石凌鶴導演，舒繡文、張瑞芳、周峰主演。由於該劇突出地頌揚了正義和團結起來反對強暴，使廣大觀眾很容易聯想到國共分裂的現實，反響極為強烈。許多觀眾連看三、四次，周恩來竟先後看了七次。《棠棣之花》演出的成功，大大激發了郭沫若的創作歷史劇的熱情。有人勸郭沫若以屈原為題材再撰一劇，他欣然允諾。1942 年元旦之際，郭沫若還沒有動筆，報上已經預告：「今年將有《漢姆雷特》和《奧賽羅》型的歷史劇出現。」

　　周恩來知道了這件事，特意登門看望。周說：屈原這個題材好，因為屈原受迫害，才憂憤地寫《離騷》。「皖南事變」後，我們也受迫害。寫這個戲很有意義。郭沫若也認為，屈原的悲劇是一個時代的悲劇，他決定，把時代的憤怒復活在屈原的時代裏去，借屈原的時代來象徵國民黨統治的時代。寫這個劇時，郭沫若精神狀態十分

亢奮，他感到「數日來頭腦特別清明，亦無別種意外之障礙。提筆寫去，即不覺妙思泉湧，奔赴筆下。此種現象為歷史所未有。⋯⋯真是實愉快。」[1]他一邊寫，一邊把原稿送到文化工作委員會去刻蠟紙油印，常常是刻蠟紙的人趕不上他的寫作速度。屈原脫稿後，郭沫若把導演陳鯉庭，演員金山、白楊、張瑞芳等人邀請到家中，周恩來也在座。他向大家介紹劇情梗概，然後連念帶解釋地朗誦劇本，只見他時而開懷大笑，時而義憤填膺，時而低聲吟哦。有一次在金山家裏聚餐，郭沫若酒後一時興起，忽然跳到主人的床上，又滿懷激情地朗誦起〈雷電頌〉來：

> 啊，這宇宙中的偉大的詩！你們風，你們雷，你們電，你們在黑暗中咆哮著，閃耀著的一切的一切，你們都是詩，都是音樂，都是跳舞。你們宇宙中偉大的藝人們呀，儘量發揮你們力量吧，發洩出無邊無際的怒火把黑暗的宇宙，陰慘的宇宙，爆炸了吧！爆炸了吧！⋯⋯

潔白的床單因此遭了殃，金山卻說「值得，值得」，因為他又一次受到了啟發。郭沫若原來打算將《屈原》寫成上下兩部，上部寫楚懷王時代，下部寫楚襄王時代，後來他打破了原計劃，只寫了屈原的一天——從清晨到夜半過後，「但這一天似乎已把屈原的一世都概括了」。1942 年 4 月 20 日《新華日報》第一版以醒目的字體登出了大幅廣告：

《屈原》明日在國泰公演
中華劇藝社空前貢獻　沫若先生空前傑作
重慶話劇界空前演出　音樂與戲劇空前試驗

---

[1]　龔濟民、方仁念：《郭沫若傳》第 281 頁，北京十月文藝出版社，1991 年。

這齣戲由金山飾屈原，白楊飾南后，張瑞芳飾嬋娟，顧而已飾楚懷王。其餘演員實際上是「留渝劇人聯合公演」。戲上演以後，據說台上台下群情激昂，彼此交融成一片沸騰的海洋。重慶各報都作了報導，說是「上座之佳，空前未有」，「堪稱絕唱」。很多人專程從成都、貴陽趕來看戲。據說當時在教室內，馬路上，輪渡口，車站旁，時常聽到「爆炸了吧……」，的宣洩聲。這種郭沫若式的傾訴，是郭沫若創造了「這一個」屈原的形象呢？還是郭沫若化身為屈原了呢？總之，屈原被高度政治化，傾瀉了郭沫若對國民黨的不滿。

《屈原》在重慶首次公演十七天，場場客滿，賣出近三十萬人次的票。周恩來設宴祝賀《屈原》演出成功，他說：「在連續不斷的反共高潮中，我們鑽了國民黨反動派一個空子，在戲劇舞臺上打開了一個缺口。在這場特殊的戰鬥中，郭沫若同志立了大功。」後來，毛澤東在〈看了《逼上梁山》以後寫給延安平劇院的信〉中也稱讚「郭沫若在歷史劇方面做了很好的工作」。（文革中，此信公開發表時，這句話有所刪節）。

郭沫若有意把劇本交給主持《中央日報》副刊的孫伏園發表。有位朋友提醒他稿子會不會有「麻煩」，他回答說：「我還沒有把這個花瓶敲碎之前，國民黨的報紙就還得給我發表劇本。」郭沫若是指國民黨讓他當文化工作委員會主任實際是個擺設。正如郭沫若所料，1942 年 1 月 24 日至 2 月 7 日的《中央日報》副刊連載了劇本《屈原》。國民黨宣傳部副部長潘公展讀後，看出了作者的春秋筆法，大發雷霆，指責部下：「怎麼搞的？我們的報紙公然登起罵我們的東西來了！」並下令撤銷了孫伏園編輯職務。

自《屈原》之後，郭沫若又寫了《虎符》，影射國民黨的內外政策如同魏安釐王「消極抗秦」。接後又寫《高漸離》，火藥味比虎符要濃烈，將秦始皇暗射蔣介石。《高漸離》送審時未能通過，以

至於後來一直沒有上演過。而後還有《孔雀膽》、《南冠草》面世。也就是說從 1941 年至 1943 年不到兩年時間，他創作了六部歷史劇作。

郭沫若在回憶自己寫歷史劇的情況時說：「抗日戰爭期間特別是在重慶的幾年，完全是生活在一個龐大的集中營裏。七八年間，足不出青木關一步。因而也還是只好搞歷史，寫歷史劇之類的東西。」當時搞歷史劇的人不只他一人，相比較，他的劇作影響比較大。這幾部劇作都是根據戰國時代的歷史故事寫成的。究其創作的主觀動因，他認為：「戰國時代，整個是一個悲劇的時代，」「……是人的牛馬時代的結束。大家要求著人的生存權」。「真正的歷史大悲劇，是時代的轉捩點。新生力量剛抬頭，被垂死的勢力壓下去，就成為歷史的大悲劇。」客觀地看，這幾部歷史劇作有一共同的思想：就是主張聯合抗戰，反對分裂投降。郭沫若試圖從歷史中，發掘民族文化的某種精神。有人從他的六部劇作看到三種思想文化體系：屈原模式、如姬模式、聶政模式。信陵君、段功、夏完淳是屈原模式的體現者，表現了一種獨立不移、凜冽難犯的人格理想；嬋娟、阿蓋等是如姬模式的體現者，善良、溫柔、正義，是為著民族英雄式的男人而出現的，以自己的鮮血綻開了男人們的生命之花；高漸離屬於聶政模式，表現了殺身成仁忠勇赴死的文化精神。歷史向前推進，「還須得有更多的志士仁人的血流灑出來，灌溉這株現實的蟠桃。」

但是郭沫若式的歷史劇一出現，就曾有過不同的批評。早在 1928 年，戲劇學家顧仲彝從郭沫若的《王昭君》、《卓文君》和王獨清的《貴妃之死》等歷史劇中看出了某種徵兆，寫了一篇題為〈今後的歷史劇〉的文章。提出歷史劇離史實太遠的一些現象。他說：「郭沫若在王昭君裏，說她因哥哥的自殺，所以不願嫁給元帝去從番。這樣的講法一方面不合於傳說故事，另一方面也不能自圓其

說。昭君出塞在正史上僅提一句。可是很早就流傳下來，成為最流行的民間傳說。到元代馬致遠手裏，譜成漢宮秋，到明朝有陳典郊的昭君出塞，薛旦的昭君夢；到清朝有明月胡笳歸漢將一劇，都是講昭君。雖略有異同，但大概講昭君不肯賄賂毛延壽，被他圖上點破；後元帝偶然見了她，大驚其美，十分寵愛她；問知是延壽舞弊，欲斬他，延壽逃到匈奴，說單於指名王嬙為閼氏。漢宮官吏怕動刀兵，竭力勸元帝割捨王嬙，送給匈奴和親，元帝不得已捨之。王昭君與元帝相別時淒涼萬分。現在郭君寫王昭君不但對元帝一無情感，並且還要罵他是壓迫民眾的帝國主義者，那歷代流傳下來的溫柔嬌麗婉啼動人的美的遺影，整個兒的弄遭了！……。總之，篡改史實而於劇情毫無增益，是好像畫蛇添足，徒勞無功！」

顧仲彝說：「編劇最忌有明顯的道德或政治目標，而尤其是歷史劇。……藝術而為社會政治工具，則已不是藝術。郭沫若君的三出歷史劇全是為所謂革命思想和反抗思想而作的，以王昭君為反對帝國主義的先鋒，以文君為反叛禮教的勇士；……試看下面幾段話有沒有藝術：

> 昭君：啊，你深居高拱的人，你也知道人到窮荒極北是可以受苦的嗎？你深居高拱的人，你為了滿足你的淫欲，你可以強索天下的良家女子來恣你的奸欲。你為了保全你的宗室，你可以逼迫天下的良家子弟去填豺狼的慾壑。如今男子填不夠，要用到我們女子了，要用到我們不足供你淫弄的女子了。……你今天不喜歡我，你可以把我去投荒，你明天喜歡了我，你又可以把我來供你的淫樂，把不足供你淫樂的女子又拿去投荒。……你究竟何所異於人，你獨能恣肆威虐於萬眾之上呢？你醜，你也應該知醜！豺狼沒有知醜，你居住的宮庭比豺狼的巢穴還要腥臭！……

　　「這是 20 世紀社會學家在民眾前的演說詞，放在數千年前嬌
滴滴羞得得的昭君少女口裏，好像把豬耳朵裝在美人頭上，其怪僻
奇特，可謂古往今來的對話中絕無僅有了。」[2]

　　向培良在他的〈所謂歷史劇〉一文說郭沫若：「他不是一個劇
作家，它不能瞭解戲劇的獨立和尊嚴，所以他所寫的，或者是詩似
的東西，或者是宣傳主義小冊子：前者如《湘累》和《棠棣之花》，
後者如他的歷史劇。……郭沫若的劇作，我以為並不是對戲劇的藝
術有特殊的情緒，只是因為劇中人物可以張開嘴大聲說話罷。所
以，一切劇中人的嘴，都被他佔據了，用以說他個人的話，宣傳他
個人的主張去了。而這種態度是如此明顯，如此偏傾，所以我們決
不能在他的劇本裏看見他所創造的人物，有生命的，有個性的，只
看見一些機械的偶像，被作者指揮者走作者所要走的路；一些機械
的嘴，代替作者說他要說的話。」[3]

　　在史劇理論方面，郭沫若也有自己的看法。他說：「我是喜歡
研究歷史的人，我也喜歡用歷史的題材來寫劇本或者小說。」「歷
史的研究是力求其真實而不怕傷乎零碎，愈零碎才愈逼近真實。史
劇的創作是注重在構成而務求其完整，愈完整才愈算得是構成。」
「歷史研究是『實事求是』，史劇創作是『失事求似』。」「史學家
是發掘歷史的精神，史劇家是發展歷史的精神。」「他們以為史劇
第一要不違背史實，但他們卻沒有更進一步去追求：所謂史實究竟
是不是真實」。「史劇家在創造劇本，並沒有創造『歷史』，誰要你
把它當成歷史呢？」「寫歷史劇可用《詩經》的賦、比、興來代表。
準確的歷史劇是賦的體材，用古代的歷史來反映今天的事實是比的
體裁，並不完全根據事實，而是我們在對某一段歷史的事蹟或某一

2　《郭沫若研究資料》第 262 頁，中國社會科學出版社，1986 年。
3　《郭沫若研究資料》（中）第 271 頁，中國社會科學出版社，1986 年。

個歷史人物感到可愛可喜而加以同情，隨興之所至而寫成的戲劇，就是興。（我的《孔雀膽》與《屈原》二劇就是在這個興的條件下寫成的）。」[4]

既然提出「史實」未必都是「真實」的，那麼歷史劇的史實哪還有什麼客觀標準呢？郭沫若的史劇觀可以一言以蔽之，就是史劇創作可以「失事求似」。

關於歷史劇的爭論，從二十年代末就開始了。

後來，郭沫若為給中華人民共和國十周年國慶獻禮，又寫了《蔡文姬》。歷史人物蔡文姬，沒入南匈奴 12 年後，曹操派遣使者前去，以黃金白璧，贖以歸漢。文姬離開親生兒女而歸，寫出了絞腸瀝血的《胡笳十八拍》。詩句流傳在人間，是郭沫若肯定了《胡笳十八拍》實係蔡文姬所作。他說《蔡文姬》中「有不少關於我的感情的東西，也有不少關於我的生活的東西。」說到這裏，人們不禁會想到郭沫若為了愛國，成就「大業」，將五個兒女置於日本回國的經歷。他還說：「我寫《蔡文姬》的主要目的就是要替曹操翻案。曹操對於我們民族的發展、文化的發展，確實是有過貢獻的人。在封建時代，他是一位了不起的歷史人物，但以前我們受到宋以來的正統觀念的束縛，對於他的評價是太不公平了。」《蔡文姬》一劇想通過「文姬歸漢」的故事，表現曹操賞識人的才幹，廣羅人才，在發展文化上有貢獻，同時也力圖表現曹操的雄才大略和政治家風度。在他而後創作的《武則天》中，郭沫若也極力讚揚武則天的政治功績和君主修養。把她說成是一個能廣開言路、具有民主風度的皇帝。

由於郭沫若的劇作浪漫主義氣息濃郁，虛構的成份很多。五十年代末六十年代初也曾有一場聲勢比較大的史劇理論討論。當時有

---

[4]　《郭沫若研究資料》（中）第 370-371 頁，中國社會科學出版社，1986 年。

兩種對立的觀點：一種以吳晗為代表，他認為：「歷史劇是藝術又是歷史」。他說：「歷史劇必須有歷史根據，人物、事實都要有根據……。人物事實都是虛構的，絕對不能算歷史劇。人物確有其人，但事實沒有或不可能發生的也不能算歷史劇。比如《楊門女將》、《秦香蓮》不算是歷史劇而是故事劇。故事取材於傳說，歷史劇取材於歷史真實，並且對一定歷史時代有真實、本質的概括。當然，假如歷史劇全和歷史一樣，沒有加以藝術處理，有所突出、誇張、集中，那只能算歷史，不能算歷史劇」。另一種觀點以李希凡為代表，他認為：「歷史劇是文藝創作」，因此，「歷史劇是藝術不是歷史」他說：「歷史劇和歷史雖然有聯繫，卻是在性質上完全不相同的東西——歷史劇是文藝創作，而歷史則是過去時代事實的記錄。」「歷史劇終歸是戲，歷史只是它的素材，卻不能完全成為衡量它的真實性的唯一標準。因為作為戲，它還有必須遵循的藝術真實的原則。」他認為歷史劇可以完全以一個歷史事件為對象進行藝術再創造。完全可以從側面創造一個藝術形象的新世界，來表現這個歷史事件。鑒於郭沫若的地位，李希凡的影響，後一種觀點影響很大。後來鄭波光在 1983 年 5 月號的《文學評論》上發表了一篇〈試論史劇理論與悲劇理論的區別〉提出了一個觀點：我們過去實際混淆了悲劇理論與史劇理論區別。他認為李希凡等人的看法，是把悲劇理論簡單運用於史劇創作了。他說，黑格爾的悲劇理論是以倫理為目的的，是對人的道德施以教化的。而史劇確實如吳晗所說：是藝術，又是歷史。要把歷史變為歷史劇只能在兩點上下功夫：一是把歷史人物性格化，二是把歷史事件戲劇化。最後的結論是：悲劇要求歷史服從藝術，史劇要求藝術服從歷史。這是一篇很有見地的文章，對歷史劇的面目有所廓清。

　　而關於史劇理論的討論，應該說是源於郭沫若式的史劇創作的出現。[5]

---

[5]　以上吳晗、李希凡的觀點均引自鄭波光的文章。

甲申三百年祭

　　1943 年，蔣介石署名、陶希聖執筆的《中國之命運》一書出版，其中提到，滿族原是少數人口的宗族，為什麼能夠征服中國呢？明朝末年，政治腐敗，思想分歧，黨派傾軋，民心渙散，流寇橫行。300 年的明室，李闖、張獻忠等流寇與滿族旗兵，內外交侵之下，竟以覆滅。這是蔣介石的歷史觀點，李自成在這裏同時是被用來影射毛澤東和共產黨、八路軍、新四軍的。而毛澤東的歷史觀則認為：農民起義是歷史前進的動力，李自成不是流寇，而是農民起義的英雄。

　　在這樣的背景下，1944 年，恰逢甲申三百年，也就是李自成率軍佔領北京三百周年。共產黨在重慶辦的《新華日報》決定反擊蔣介石，開展紀念甲申三百年的活動。1 月 15 日，新華日報委派喬冠華，約請了翦伯贊，來到郭沫若天宮府的寓所，具體商討此事。郭沫若當仁不讓，承擔了主要文章的寫作任務。郭沫若花費了一個多月的時間，積極搜集材料，精心研究，反覆思考。2 月 8 日，他曾給翦伯贊去信，請教有關問題，集思廣益，以便寫好這篇文章，3 月 10 日，〈甲申三百年祭〉終於脫稿，郭沫若又精心修改了幾天，交中共南方局負責人董必武審閱。

　　3 月 19 日，重慶《新華日報》開始連載這篇長文。這篇文章分析了崇禎皇帝腐朽的統治和李自成農民起義的關係。明王朝的極端專制腐敗，最高統治者崇禎皇帝生性多疑、好剛尚氣，結果只能是「縱貪橫於京畿」，吏治敗壞到極點，這樣的王朝是必然要滅亡

的。文章認為，從種族的立場來說，崇禎帝和牛金星所犯的過失最大，他們都可以說是兩位種族的罪人。郭沫若的論述，抨擊了《中國之命運》的歷史觀點，暗示蔣介石，像崇禎那樣專制腐敗的政權必然要滅亡。國民黨政府如果置大敵日寇於不顧，鎮壓愛國民主運動，挑起剿共戰事，繼續推行法西斯專制統治，搜刮民脂民膏，必將成為種族罪人。

　　郭沫若文章發表後不到 20 天，毛澤東在延安高級幹部會議上就肯定了這篇文章，在題為〈學習和時局〉的報告中說：「全黨同志對於這幾次驕傲都要引為鑒戒。近日我們印了郭沫若論李自成的文章，也是叫同志們引為鑒戒，不要重犯勝利時驕傲的錯誤。」不久，林伯渠從延安來到重慶，親口告訴郭沫若，毛主席、黨中央已經決定把〈甲申三百年祭〉作為整風文獻，在解放區普遍印發，供黨內學習。郭沫若聽了很激動，當晚給毛澤東寫信，感謝毛澤東的鼓勵。毛澤東收到他的信，又給他回了一封信——

　　沫若兄：

　　　　大示讀悉。獎飾過分，十分不敢當；但當努力學習，以副故人期望。武昌分手後，成天在工作堆裏，沒有讀書鑽研機會，故對於你的成就，覺得羨慕。你的〈甲申三百年祭〉，我們把它當作整風文件看待。小勝即驕傲，大勝更驕傲，一次又一次吃虧，如何避免此種毛病，實在值得注意。倘能經過大手筆寫一篇太平軍經驗，會是很有益的；但不敢作正式提議，恐怕太累你。最近看了《反正前後》，和我那時在湖南的經歷的，幾乎一模一樣，不成熟的資產階級革命，那樣的結局是不可避免的。此次抗日戰爭，應該是成熟了的罷，國際條件是很好的，國內靠我們努力。我雖然兢兢業業，生怕出岔子；但說不定岔子從什麼地方跑來；你看到了什麼錯

誤缺點，希望隨時示之。你的史論、史劇大有益於中國人民，
只嫌其少，不嫌其多，精神決不會白費的，希望繼續努力。
恩來同志到後，此間近情當已獲悉，茲不一一。我們大家都
想和你見面，不知有此機會否？

　　謹祝

　　健康、愉快與精神煥發！

毛澤東上
1944 年 11 月 21 日，於延安。

　　郭沫若這篇文章，深得毛澤東賞識，產生的政治影響遠遠超過
一般的歷史論文。但因為倉促成文，史料依據並不充分。學界一直
有人存疑。值得一提的是，四川有一位名叫胡惠溥的民間學者，在
1972 年寫了一篇〈讀《甲申三百年祭》與郭沫若先生之商榷〉，通
過郵局寄給郭沫若。全文如下：

沫若先生：

　　近讀大著〈甲申三百年祭〉，贊開國之大策，非前此以
考據為考據者所能望見，佩服佩服。惟四十日之大順朝，僅
如曇花一現，竊謂李自成之覆亡，與李岩之不得竟其用以
死，均係非常問題，因就大著籀繹之，管中一斑，疑李自成
覆亡之主因，尚當不只劉宗敏拷掠吳襄求陳圓圓，牛金星以
傾軋譖殺李岩數端而已。

　　大著崇禎登極後，遍地年年幾皆蝗旱為災，引二年四月
二十日馬懋才〈備陳大饑疏〉，又謂張獻忠李自成亦即在此
情形下先後起義。又謂李自成在崇禎十一二年所遭最危厄，
十三年始初得轉機，並指出十三年河南旱蝗，草根俱盡，至
人相食，饑民從李自成者數萬，李岩亦於此時從李自成起
義，從此李自成一帆風順，遂以亡明。又謂李自成十四五年，

幾全據河南湖北，用顧君恩策，進窺關中。十六年破潼關，孫傳庭陣亡，全陝披靡。十七年二月出兵山西，不二月抵北京，不三日下北京，崇禎自經。

大著最後總括李自成整個起義，從十餘年之艱難苦戰言之，未嘗不艱難，從最後勢如破竹摧枯拉朽之突變情況言之，則又未免太易，以此上下皆紛紛然昏昏然，為過大之成功所陶醉。綜上所論，大著行間字裏，蓋已揭出李自成覆亡之主因，無他，即始終皆為流動戰術部隊大集合體，未能於政治體制有所演進，因以形成堅強之根據地也。又，即在崇禎十四五年，李自成雖已幾全據河南湖北，十六年破潼關，全陝披靡，十七年出兵山西等時間言之，鄙意李自成在此時間，仍是流動戰術部隊大集合體，河南湖北陝西山西等地，縱使設官守土，亦必僅具雛形，故政治方面之演進，不過由全流動戰術部隊大集合體之適應，演進為半流動戰術部隊大集合體之適應而已。

大著並謂，當時朝廷用兵剿寇，而人民則望寇剿兵，加之崇禎登極後，年年旱蝗為災，饑民不甘餓死，被迫鋌而走險，結果寇比兵多，實則民比兵多。鄙意當時情況，當必遍地皆饑民，遍地皆在饑民嘯集群、即起義之聲勢籠罩中，至於明室將佐，如熊廷弼、袁崇煥、盧象昇、孫傳庭等，皆賜死、自殺、陣亡也！其餘如楊嗣昌、熊文燦等，平時但知朘削元元，交綏則惟望風逃遁耳，故李自成所據各省，必有多數明軍已撤退之州縣，而李自成兵力未達，僅屬遙為號召者，既屬遙為號召，則稅收、生產、社會秩序、設官守土等方面，必不遑計及，雖沖要四達之地已設官守土矣！恐亦著眼在戰略重點上之部署而已，且此種州縣，李自成所據各省當必不多！但此說與大著在崇禎十三年李岩、牛金星、宋獻

策、顧君恩等，加入李自成起義軍後，從此設官分職守土不流，氣象迥異於前之說似相背馳。然鄙意大著設官分職守土不流迥異於前，是就李自成與當時並起之諸雄相對言之之詞，如就其發展之雛形的實質言之，恐鄙說未必遂非。尊意，蓋論人階段不同，行文之重點遂不同，故雖同一事也，而詳略與揚抑之詞，亦不能遂無毫髮爽。

　　覆亡之國，大抵不外權門朋比，世胄高位，於是用人惟親，英才沉屈，而又有非常之饑饉與暴政以驅之；崇禎承萬曆天啟之後，內政邊患，已如癬疽之將潰，昔人喻如衣敗絮行荊棘叢中，左右前後無不掛礙！以故饑民反暴，紛然四起，為救死而與當時之政府鬥爭，此種最初本部原無嚴密之組織，與外部亦無相互聯繫之饑民反暴，其鬥爭形式，自必發展成為流動之戰術，同時，最初正以其本部無嚴密之組織，與外部亦無相互聯繫，故雖一部分或幾部分，為當時政府軍所擊潰或殲滅，對整個紛然四起之饑民反暴部隊，影響殊不大。而政府軍則不然，即是一路或幾路潰敗，勢必士卒奪氣，土崩瓦解，致當時政府無法措手足，以抵於止。征之舊史，其犖犖者，如秦末陳勝吳廣之起義，漢末黃巾軍之起義，唐末黃巢之起義（黃巢雖失敗，但唐帝國中央政權已為黃巢所震撼動搖，故不久即亡於朱溫），元末劉福通徐壽輝等之起義皆然，此種戰術，與起義軍同時並生，亦同時發展壯大。漢之李廣，於建大將旗鼓之前，以奇兵繞出敵後，匈奴吒以為飛將軍自天而降，其營幕聯綿如蟻聚蜂屯，各就水草，散亂不整，夜無燈燭，亦不嚴斥候，為最早略近於流動戰術部隊之政府軍，然終非人民起義流動戰術部隊比也。惟是起義軍之力量，已發展壯大矣，仍習故常，不知改絃，則覆亡之因，亦遂與此天賦優點偕生並長，不至覆亡不止。

　　茲請即就李自成起義之始，與最後攻下北京之日觀之，可知李自成乃一仍故常，未嘗改絃也。何以言之，李自成起義十餘年矣，攻下之地亦多矣，豈止河南湖南陝西山西等地，乃從未聞鄭重宣示坐鎮之地，並明白規劃其他地區從屬之系統，雖有時亦似命將出師矣，其實所謂命將者，僅李自成大軍之先頭部隊耳，所以起義十餘年，皆係一軍獨將，故往攻北京，全部數十萬大軍亦與李自成同住，即此足以見李自成未做到徹底的守土不流，而其於攻下之地，蓋亦旋得旋棄，或則雖下徑過，或則不下繞過，尚不僅攻下之地未能皆利用之也，實質仍是流動戰術部隊之大集合體。此種略具雛形之政治機構，當過大勝利之到來，上下何能免於紛紛然與昏昏然。吳三桂即不開關揖清，此數十萬大軍，如命其四出駐守，李自成此時亦必難於甚或不能安排，蓋其設官守土僅具雛形，政治方面之演進，不過由全流動戰術部隊大集合體之適應，演進為半流動戰術部隊大集合體之適應而已。

　　故當時，即使灼知山海關須大軍駐守，而一品權將軍之劉宗敏未必奉詔。綺麗繁華，神京為天下最，此間樂矣！誰肯出就甌脫風沙之地？當時大順朝僅數千人駐守山海關，蓋亦惟僅將數千人之將軍，乃不敢不奉詔（先生亦謂最初調降將唐通前往有類兒戲），其餘將數萬或數十萬者，恐皆難期其即行耳。故吳三桂即使捲甲來降李王，以其為人，恐到北京得睹大順朝昏昏然之內部與僅具雛形之政治機構，斷不至不生異心，入室操戈矛也！

　　又，大著引《北略》卷二十：「內官降賊者自宮中出，皆云，李賊雖為首，然總有二十餘人俱抗衡不下，凡事皆眾共謀之」。又引《剿闖小史》：「賊將二十餘人，皆領兵在京橫行慘虐云云」，竊意《北略》所云「二十餘人」，此二十餘

人當即《剿闖小史》所云之「賊將二十餘人」,「橫行慘虐」
是當時反動士大夫之詞,固無須置辯,然即以其「俱抗衡不
下,凡事皆眾共謀之」等詞言之,則業已建號之大順朝,實
質仍是流動戰術部隊大集合體,未能於政治體制有所演進,
故眾議之發揮有餘,而元首之獨斷不足也。

以上於大著之籀繹,但隱括大意,未嘗寫出原文,恐不
免曲解處,深慚腹儉。於李自成覆亡主因皆主觀臆度,無徵
不信,不足發先生一噱也,惟高明幸教之。

專此即頌

著安

四川省瀘州市胡惠溥頓首
一九七二年六月七號即陰曆四月二十六日

這位寫信與郭沫若商榷的胡先生,名希淵,生於 1916 年,是四
川瀘州前清舉人李赦虎的高足,博聞強識,精於詩古文辭,抗戰時
受知於章士釗,邀入「飲河詩社」,1949 年後在瀘州四中任教,1959
年「拔白旗」運動中,失去公職,從此備受饑寒,先後經歷子夭妻
亡之痛,孑然一身,苦不堪言,因無居所,被迫棲於永豐橋洞十年,
憑著每月 7.50 元的救濟金和一些好心人的幫助,極其艱難地生存
著。穿橋而過的溪溝是瀘州城的一個大排污溝,腥穢的污水終年不
斷,臭不可聞,孳生出許多蚊蠅。永豐橋又是瀘州的南大門,每天
下半夜開始,便有絡繹不絕的汽車轟隆轟隆從橋上開過,在橋洞下
形成很大的迴響,根本無法得到安寧。永豐橋下沒有電源,以油燈
照明。胡先生在日日尚且為衣食發愁的時候,偶然讀到郭沫若的〈甲
申三百年祭〉,竟然忘卻身邊的一切,就在橋洞下援筆作書,與郭沫
若作學術之商榷,也算郭沫若引出的一個文化奇跡。[1]

---

[1] 陳仁德:《1972 年胡惠溥與郭沫若之商榷》,《溫故》第 18 輯,廣西師範大

　　另外，作家姚雪垠也寫文章批評郭沫若此文參考的史料很少，而使對於翻閱的極少史料也沒有認真研究，辨別真偽，輕於相信，相信隨手引用，然而在此基礎上抒發主觀意見，草率論斷。但姚雪垠自己的長篇小說《李自成》，對李自成也有過於美化之嫌，同樣經不起歷史的考驗。

學出版社，2010 年 5 月。

校場口事件

　　抗日戰爭勝利後，中國面臨著又一次重大選擇。共產黨和民主黨派當時的訴求是反對一黨獨裁，實行民主和憲政。而蔣介石想維護獨裁地位，用武力消滅共產黨。在這場較量當中，郭沫若雖然以無黨派民主人士的面貌出現，實際上成為國民黨統治區文化界民主鬥士的代表。當時影響最大的便是 1946 年在重慶發生的校場口事件。

　　1946 年 1 月，政治協商會議在重慶召開。對於這次會議，共產黨和民主黨派抱以很大期望，但蔣介石並無誠意。郭沫若作為代表，在 1 月 14 日下午討論擴大政府時就提出：「人選權在主席，即使增加的（國民政府委員）都是黨外人士，那也不僅沒有決定權，連建議權也沒有，恐成伴食大臣，參政會即是一例。政府既有決心與誠意，應決心使憲政達到。」[1]這時，郭沫若確實走上了反獨裁，爭民主的最前線。

　　當時，蔣介石方面因為沒有憲政誠意，礙於國際壓力，只好假戲真做，但同時又用特務手段對爭取民主的力量施以威脅。1 月 16 日，郭沫若以政協代表的身份到滄白紀念堂講演，就遇到特務騷擾，向他扔石子。

　　1 月 31 日，郭沫若參加起草的〈和平建國綱領〉在政協大會通過，同時通過的還有憲法草案等文件、協議。2 月 10 日上午，

1　冀濟民、方仁念《郭沫若傳》第 348 頁，北京十月文藝出版社，1991 年。

民主力量方面在校場口召開慶祝政協成立大會，郭沫若、李公樸、
章乃器、施復亮等都是籌委會推定的大會主席團成員。九點鐘，郭
沫若走上主席臺，廣場上已經人山人海，但他發現主席臺兩邊和前
幾排有不少穿長衫或是中山裝的人，神情異樣。他感到情勢不妙，
便讓于立群帶著孩子先回家。大會總指揮李公樸和其他主席團成員
登臺以後，那些搗亂者便一擁而上，其中有一個叫劉野樵的自稱市
農會代表，冒充總主席宣佈開會。台下群眾高喊，不准搗亂會場。
李公樸等人上前干預，台下前幾排那些人一個個手持鐵棒，跳上臺
去，扭著李公樸、章乃器、施復亮、馬寅初等人就打。郭沫若趕緊
站起來攔阻，想保護受傷的李公樸，歹徒們便抓住他的胸口，打得
他眼鏡落地、額角紅腫，人也被推到，胸口還被狠狠踢了一腳。這
時有人喊：「是政協代表，打不得，打不得，」有群眾向在場的憲
兵交涉：「這是代表，你們非保護不可！」這樣，郭沫若才被兩個
憲兵和一群青年簇擁著離開會場，化險為夷。

　　這個事件，轟動了山城重慶。當天下午，慶祝政協成立大會籌
委會即在中蘇文協舉行了中外記者招待會，報告校場口事件經過。
郭沫若帶傷赴會，大家報以熱烈的掌聲，表示歡迎和慰問。郭沫若
以子之矛，攻子之盾，譴責了剛剛發生的暴行。他說：「今天慘案
發生關係到政府的威信，因為政協的五項協議是在蔣主席主持的會
議上經過全體起立，很嚴肅地通過的，像今天這種行為，實無異於
對蔣主席本人的侮辱。」接著他又含蓄地說：「一、有些人的作風
和想法不容易改變，總認為政治協商會議是自己的失敗。」慘案激
怒了社會。重慶文化界百餘人聯名發表告國人書，強烈抗議這一暴
行。全國文協、《經濟週報》、復旦大學等幾十個機關團體和學校寄
來慰問信，登門探望者絡繹不絕。對於朋友們的慰問，郭沫若表示：
「自己只受了一點輕傷，算不了什麼，實現民主才是最重要的事

情。我身上還有許多許多血，我是準備第二次、第三次再去流血的！」[2]這次爭取民主的義舉，在郭沫若一生是最有光彩的一筆。

2　龔濟民、方仁念《郭沫若傳》第 353 頁，北京十月文藝出版社，1991 年。

和毛澤東的詩交

　　郭沫若與毛澤東初識於 1927 年，當時廣東大學聘郭沫若為文科學長。郭沫若於 3 月 23 日到廣州，成仿吾引他去拜訪介紹人林伯渠，林伯渠不在家，卻在林的書房與毛澤東巧遇。郭沫若是這樣回憶的：

　　太史公對於留侯張良的讚語說：「余以為其人計魁梧奇偉，至見其圖，狀貌如婦人好女。」吾於毛澤東亦云然。人字形的短髮分排在兩鬢，目光謙抑而潛沉，臉皮嫩黃而細緻，說話的聲音低而娓婉。不過在當時的我，倒還沒有預計過他一定非「魁梧奇偉」不可的。[1]

　　當時郭沫若看毛澤東不起眼，毛澤東還是請他到農民運動講習所發表演講。到 1945 年重慶談判二人再見面時，毛澤東已經今非昔比，成了共產黨的領袖。從此二人有了長達三十年的詩交。

　　1945 年 9 月 3 日，毛澤東在紅岩村住處與郭沫若夫婦、鄧初民、翦伯贊、馮乃超、周谷城等人相聚。周穀城問毛澤東：「過去您寫過詩，現在還寫嗎？」毛澤東回答：「近來沒有那樣的心情了。從前是白面書生，現在成了『土匪』了。要說寫詩，應當問我們的郭老。」又對郭沫若說：「你寫的《反正前後》，就像寫我的生活一樣。當時我們所到的地方，所見到的那些情況，就是同你所寫的一

---

[1]　季國平《毛澤東與郭沫若》北京出版社，1998 年。

樣。」郭沫若很高興,看到毛澤東用的是一隻懷錶,於是當下把自己的手錶摘下來送給毛澤東。這只表,毛澤東一直戴到老。

郭沫若和毛澤東都是詩人。從政治上講,自然是毛澤東的影響大,但從寫詩的角度講,則是郭沫若出名早。

毛澤東在重慶期間,應柳亞子之邀,抄錄了自己的《沁園春·詠雪》。後經劇作家吳祖光之手交《新民報》發表,引起強烈反映,和韻之作甚多,稱讚者有之,批評者有之,攻擊者亦有之,大體依當時各類人的政治態度。郭沫若也步原韻和了二首,內容是完全維護毛澤東的。毛澤東有何感想不得而知。但建國後,毛澤東把郭沫若當作詩友,作詩填詞,常常送他徵求意見。

1959 年夏,毛澤東寫成〈到韶山〉、〈登廬山〉兩首七律,9月 7 日寫信給胡喬木說:「詩兩首,請你送郭沫若同志一閱,看有什麼毛病沒有?加以筆削,是為至要。……主題雖好,詩意無多,只有幾句較好一些,例如『雲橫九派浮黃鶴』之類,詩難,不易寫,經歷者如魚飲水,冷暖自知,不足為外人道也。」[2]

郭沫若接到信後,於 9 月 9 日給胡喬木去信:「主席詩〈登廬山〉第二句『欲上透迤』四字讀起來有跼躇不進之感。擬易為「坦道蜿蜒」,不識何如。」10 日再給胡喬木去信:「主席詩『熱風吹雨灑南天』句,我也仔細反覆吟味了多遍,覺得和上句『冷眼向洋觀世界』不大諧協。如改為『熱情揮雨灑山川』以表示大躍進,似較鮮明,不識如何。古有成語『揮汗成雨』。」[3]

胡喬木接信後,轉交毛澤東。毛於 13 日又覆信胡喬木:「沫若同志兩信都讀,給了我啟發,請再送郭沫若一觀,請他再予審改,以其意見告我為盼!」[4]

2　《建國以來毛澤東文稿》第 8 冊 516 頁,中央文獻出版社,1993 年。
3　季國平《毛澤東與郭沫若》第 141、249 頁,北京出版社,1998 年。
4　《建國以來毛澤東文稿》第 8 冊 488 頁,中央文獻出版社,1993 年。

　　毛澤東最後的定稿，改動了郭沫若提出意見的詩句，但並未按郭的意見改。毛澤東當時為什麼對郭沫若這麼客氣，是一個很有意思的問題。

　　就在給胡喬木寫第一封信的前一周，即 1959 年 9 月 1 日，毛澤東還就這兩首詩給《詩刊》正副主編臧克家、徐遲去信，信中寫道：

> 近日寫了兩首七律，錄上呈政。如以為可，可上詩刊。
> 近日右傾機會主義猖狂進攻，說人民事業這也不好，那也不好。全世界反華反共分子以及我國無產階級內部，黨的內部，過去混進來的資產階級、小資產階級投機分子，他們裏應外合，一起猖狂進攻。好傢伙，簡直要把整個崑崙山脈推下去了。同志，且慢。國內掛著「共產主義」招牌的一小撮機會主義分子，不過撿起幾片雞毛蒜皮，當作旗幟，向著黨的總路線，大躍進，人民公社舉行攻擊，真是「蚍蜉撼大樹，可笑不自量」了。全世界反動派從去年起，咒罵我們，狗血噴頭。照我看，好得很。六億五千萬偉大人民的偉大事業，而不被帝國主義在各國的走狗大罵而特罵，那就是不可理解的了。他們越罵得凶，我就越高興。讓他們罵上半個世紀吧！那時再看，究竟誰敗誰勝？我這兩首詩，也是答覆那些忘八蛋的。

　　當時，剛剛在廬山上開過八屆八中全會。因為彭德懷寫信對大躍進有所批評，毛澤東剛剛發動了一場運動，把彭德懷等人打成反黨集團。對於大躍進的後果，毛澤東不是不知道，領導層內部對他有意見，他也很清楚。他擔心自己孤立，所以在心理上更需要別人對他的支援和維護。郭沫若雖然不在黨的領導核心層，但在國內外有較大影響，他能無條件地擁護毛澤東的大躍進，對毛也是一種心理的安慰。毛對郭比較客氣，便很好理解了。

以後，到 1962 年，《人民文學》準備發表毛澤東 30 多年前在馬背上哼成的詞六首，毛澤東又徵求郭沫若的意見。郭沫若就編排次序和個別字詞提出了修改建議，並寫了〈喜讀主席詞六首〉的解說文章，呈毛澤東「加以刪正」。這次，毛澤東在郭沫若的文章上作了一番修改，刪去了郭沫若揣度有誤的筆墨。並說，「解詩之難，由此可見。」

1965 年 5 月，毛澤東重上井岡山，並吟成〈水調歌頭〉一首。下山後，建議郭沫若偕夫人到井岡山一遊。郭沫若遊井岡山時寫詩詞 22 首，主要內容自然是對毛澤東的歌頌。7 月中旬，返回北京。毛澤東又讓胡喬木將自己的〈重上井岡山〉和另一首新作〈念奴嬌‧鳥兒問答〉送郭沫若徵求修改意見。

郭沫若在 7 月 23 日給胡喬木寫信，提出修改意見：

> 「飛躍」我覺得可不改，因為是麻雀吹牛。如換為逃脫，倒顯得麻雀十分老實了。
>
> 「土豆燒牛肉」句，點穿了很好，改過後，合乎四、五、四句，也較妥貼。唯「土豆燒牛肉」是普通的菜，與「座滿嘉賓，盤兼美味」似少相稱。可否換為「有酒盈樽，高朋滿座，土豆燒牛肉」？
>
> 「牛皮蔥炸，從此不知下落」，我覺得太露了。麻雀是有下落，還露過兩次面。（季國平《毛澤東與郭沫若》第 264 頁，北京出版社，1998 年）

後來，毛澤東為〈鳥兒問答〉定稿，果然改動較多。

到「文革」以前，郭沫若與毛澤東的詩交，雖然實際上已經演化為如同君臣之交，但在作詩的技術層面，郭沫若尚敢為王者師。心理上雖不可能平等相處，但毛澤東對於長他一歲的郭沫若還是保持著表面的禮貌和客氣。

毛澤東對郭沫若的禮遇，還表現在文革前公開發表的詩詞裏，有兩首副題就是〈和郭沫若同志〉。

一首是 1963 年 1 月 9 日寫的〈滿江紅〉：

小小環球，
有幾個蒼蠅碰壁，
幾聲凄厲，
幾聲抽泣。
螞蟻緣槐誇大國，
蚍蜉撼樹談何易。
止西風落葉下長安，
飛鳴鏑。

多少事，
從來急，
天地轉，
光陰迫。
一萬年太久，
只爭朝夕。
四海翻騰雲水怒，
五洲震盪風雷激。
要掃除一切害人蟲，
全無敵。

郭沫若的原詞題為〈領袖頌——一九六三年元旦抒懷〉，發表在 1963 年 1 月 1 日《光明日報》，全文是：

滄海橫流，
方顯出英雄本色。

人六億，
加強團結，
堅持原則。
天垮下來擎得起，
世披靡矣扶之直。
聽雄難一唱遍寰中，
東方白。

太陽出，
冰山滴；
真金在，
豈銷鑠？
有雄文四卷，
為民立極。
桀犬吠堯堪笑止，
泥牛入海無消息。
迎東風革命展紅旗，
乾坤赤。

　　郭沫若這首詞藝術水準平平。但因為直接頌揚了毛澤東，想必是毛澤東很高興。中國文人的傳統，和詩講究步原韻，毛澤東則不管這些舊例，和詩一律另起爐灶。除了滿江紅詞牌相同而外，韻腳與郭詩無關。

　　郭沫若的另一首詩是關於紹興戲《孫悟空三打白骨精》的。1961年 10 月 18 日，郭沫若在北京民族文化宮看了這齣戲，一周後的10 月 25 日，寫了一首七言律詩：

人妖顛倒是非淆，
對敵慈悲對友刁。
咒念金箍聞萬遍，
精逃白骨累三遭。
千刀當剮唐僧肉，
一拔何虧大聖毛。
教育及時堪讚賞，
豬猶智慧勝愚曹。

寫畢，自然要呈給對詩詞白濃厚興趣的毛澤東一閱。

毛澤東也看了這齣戲。見到郭詩，遂於 1961 年 11 月 7 日和了一首：

一從大地起風雷，
便有精生白骨堆。
僧是愚氓猶可訓，
妖為鬼蜮必成災。
金猴奮起千鈞棒，
玉宇澄清萬里埃。
今日歡呼孫大聖，
只緣妖霧又重來。

轉年元月 6 日，康生把毛澤東這首詩轉給郭沫若。

本來，郭沫若所說「千刀當剮唐僧肉」的「當」不過是「正要」的意思，毛澤東卻理解成了「應當」的意思，於是，用教育的口吻告訴郭沫若：「僧是愚氓猶可訓。」郭沫若也只好將錯就錯，當天再寫一首詩答毛澤東：

賴有晴空霹靂雷，

不教白骨聚成堆。

九天四海澄迷霧，

八十一番弭大災。

僧受折磨知悔恨，

豬期振奮報涓埃。

金睛火眼無容赦，

哪怕妖精億度來。

此詩又通過康生之手轉呈毛澤東。毛澤東給郭沫若回信：「和詩好，不要『千刀萬剮唐僧肉』了。對中間派採取了統一戰線政策，這就好了。」

事後，郭沫若還專門著文，說明「主席的和詩，事實上是改正了我對唐僧的偏激看法。」

事情到此似乎變得很圓滿了，毛澤東在戰略思想上比郭沫若棋高一著。但郭沫若去世之後，有一位名叫廖名春的學者，點破了其中的奧妙：不是郭沫若主張剮唐僧，而是毛澤東理解有誤。郭沫若為了維護毛澤東的面子，只好將錯就錯，接受毛澤東的諄諄教悔。

直到「文革」前，毛澤東和郭沫若雖不可能完全平等相處，但大體上還是詩友關係，毛澤東對於郭沫若還比較客氣。到了文革中，毛被進一步神化，他與郭沫若的詩交就不像過去那麼客氣了。

除了與毛澤東唱和，郭沫若還為毛澤東詩詞寫了很多評論文章。這些文章有的提出了新的見解，有的則經不起歷史的考驗。比如他評論毛澤東的一首〈清平樂〉：「主席並無心成為詩家或詞家，但他的詩詞卻成了詩詞的頂峰。主席更無心成為書家，但他的墨蹟卻成了書法的頂峰。例如這首〈清平樂〉的墨蹟而論，『黃粱』寫作『黃粱』，無意中把粱字簡化了。龍岩多寫了一個龍字。『分田分

地真忙忙』，沒有句點。這就是隨意揮灑的證據。然而這幅字寫得多麼生動，多麼瀟灑，多麼磊落。每一個字和整個篇幅都充滿著豪放不羈的氣韻。在這裏給我們從事文學藝術的人，乃至從事任何工作的人，一個深刻的啟示。那就是人的因素第一、政治工作第一、思想工作第一，抓活的思想第一，『四個第一』的原則、極其靈活地、極其具體地呈現在了我們面前。」[5]

郭沫若對毛澤東詩詞的這番評論，無法以盲從解釋。郭是飽學之士。毛澤東出現了錯別字，書法中出現了筆誤，他是看得很清楚的。這是他比一般老百姓高明的地方。但他能在評論中，編出一套說辭，硬把毛澤東這些失誤也說成是優點，並且發揮到四個第一的政治高度，就好比看見人生了一塊瘡疤，硬要誇讚成豔若桃花，美如乳酪，這是一般人做不出來的。

這段話，不過是郭沫若阿諛毛澤東的一例。他的晚年，與毛澤東基本上都處在這種關係中。比毛澤東年長一歲的郭沫若為什麼要如此阿諛毛澤東，在另一些場合還阿諛江青，他當時是不是有什麼不得已的難處，他的人格弱點和體制缺陷是什麼關係，乃是可以進一步深入討論的問題。但阿諛就是阿諛。阿諛到什麼時候也是不可取的。大多數中國人即使走進盲從的誤區的時候，對阿諛也是卑視的。

---

[5] 《光明日報》1965 年 2 月 11 日。

開國

　　1949 年 10 月 1 日，中華人民共和國宣告成立。郭沫若成為開國的重要領導人之一。他和毛澤東等一起登上天安門城樓，分享勝利的喜悅。在 10 月 19 日舉行的中央人民政府第三次會議上，他被任命為政務院的四個副總理之一，並兼文化教育委員會主任。10 月 21 日，他主持的文化教育委員會正式成立；11 月 1 日，中國科學院在北京建院，郭沫若當選第一任院長，並兼哲學社會科學部主任和歷史研究所所長。此前的 1949 年 7 月 2 日至 23 日舉行的中華全國文學藝術工作者代表大會上，他還當選為全國文聯主席；同年 10 月 3 日，他又當選中國人民保衛和平委員會主席，並多次率團出席國際會議。

　　郭沫若以文化界的旗手參政，位置十分顯赫。其兼職之多，風頭之健，在中國文人中可謂盛況空前。他的政治生涯達到了頂峰，他的學術和藝術活動從此也具有了官方文化代表的鮮明色彩。

武訓風波

　　武訓是清末山東人，以行乞辦學著稱。郭沫若最早對武訓表示
自己的看法，是 1945 年 12 月。當時，山教育家陶行知主持，重慶
知識界舉行了「武訓誕辰 107 周年紀念大會」。郭沫若擔任主席團
成員，並發表講話，稱讚武訓是「聖人」。五年後，李士釗將自己
所編的《武訓畫傳》拿來請郭沫若題書名，並題詞。郭沫若欣然
命筆：

> 在吮吸別人的血以養肥自己的舊社會裏面，武訓的出現是一
> 個奇跡。他以貧苦出身，知道教育的重要，靠著乞討，斂金
> 興學，捨己為人，是很難得的。但那樣也解決不了問題。作
> 為奇跡珍視是可以的。新民主主義的社會裏面，不會再有這
> 樣的奇跡出現了。（季國平《毛澤東與郭沫若》第 193 頁，
> 北京出版社，1998 年）

　　時代發生了變化，郭沫若對武訓的肯定也有了一些保留。

　　這本《武訓畫傳》以前就出版過。1944 年陶行知把他推薦給
了導演孫瑜。孫瑜為之感動，經過數年努力，幾起幾落，終於在
1950 年底拍成故事影片《武訓傳》，主演趙丹。

　　1951 年初電影在京、津、滬等地公演，好評如潮，《大眾電影》
很快將此片評為本年度的十大佳片之一。這引起了毛澤東的注意。
3 月，中共中央發出通知，要求在全國範圍內開展對電影武訓傳的
討論。起初，各報刊發表的文章仍是一片讚揚之聲，只有個別文章

提出否定意見。毛澤東只好親自出馬，寫了一篇文章〈應當重視電影《武訓傳》的討論〉，作為《人民日報》社論發表。社論劈頭就說：

「《武訓傳》所提出的問題帶有根本的性質。像武訓那樣的人，處在清朝末年中國人民反對外國侵略者和反對國內的封建統治者的偉大鬥爭時代，根本不去觸動封建經濟基礎及其上層建築的一根毫毛，反而狂熱地宣傳封建文化，並為了取得自己所沒有的宣傳封建文化的地位，就對反動的封建統治者竭盡奴顏婢膝的能事，這種醜惡的行為，難道我們是應當歌頌的嗎？向著人民群眾歌頌這種醜惡的行為，甚至打出「為人民服務」的旗號來歌頌，甚至用革命的農民鬥爭的失敗作為反襯來歌頌，這難道是我們所能夠容忍的嗎？承認或者容忍這種歌頌，就是承認或者容忍污蔑農民革命鬥爭，污蔑中國歷史，污蔑中國民族的反動宣傳，就是把反動宣傳認為正當的宣傳。……電影《武訓傳》的出現，特別是對於武訓和電影《武訓傳》的歌頌竟如此之多，說明我國文化界的思想混亂達到了何種程度！」[1]

這篇社論的發表，對於包括郭沫若在內的中國文化藝術界有如晴天霹靂！他們萬萬沒想到區區一部電影，竟引起執政黨最高層如此巨大的震怒。平心而論，孫瑜也好，趙丹也好，陶行知也好，郭沫若也好，他們對武訓的看法，所持的不過是常人的觀點。讀書總比不讀書好，發展教育總比不發展教育好。武訓為辦學不惜行乞，他們為此而真誠地感動。但他們哪想得到這種常人的歷史觀和新中國的領袖格格不入？毛澤東是以階級鬥爭學說為綱領，發動農民戰爭打的天下。如果對中國社會歷史的解釋，不是有利於證明他領導的革命的合理性，而是證明其他行為的合理性，那是他所不能容忍

---

[1] 建國以來毛澤東文稿第 2 冊第 316 頁，中央文獻出版社，1993 年。

的。於是，他把對武訓和《武訓傳》的評價問題，提到了黨和國家頭等大事的高度。

10 天以後，郭沫若在 6 月 1 日的《人民日報》上公開發表了〈聯繫著武訓批判的自我檢討〉。文章說：「我是犯了錯誤，主要原因是不會從本質上去看武訓，而且把它孤立地看了，更不會把他和太平天國與撚軍的革命運動聯繫起來看，今天武訓的本質被闡明了，武訓活動時的農民革命的史實也昭示出來了，便十足證明武訓的落後、反動、甚至反革命了，對於這樣的人而加以稱頌，的確是犯了最嚴重的錯誤。」「我最不應該的是替《武訓畫傳》──可以說是電影《武訓傳》的姊妹，題了書名，還題了辭。」「雖然我的題辭多少含有批判的成份，並惹得編者在他的自序中駁斥了我，但批判得十分不夠。而且基本上還是肯定了武訓其人。」「經過這一次討論，我是受了很大的啟發的。沒有經過仔細的研究隨便發言，沒有經過慎重的考慮隨便替人題辭題字，這種不負責任的小資產階級的老毛病，我已下定決心痛改。」

這是中華人民共和國成立後的第一次思想批判運動。這次運動在組織處理上還算溫和，但思想上已經開了以毛澤東一人的意見為標準，只能擁護，不容置辯的先河。原先讚揚過武訓，支持過《武訓傳》拍攝的領導幹部和文化人，紛紛表態檢討。郭沫若當時身為主管文教的副總理，地位引人注目，也有他的無奈之處，不這麼檢討也無法交待毛澤東和一致擁護毛主席黨中央的輿論。

接著，7 月下旬，袁水拍、鍾惦棐、李進（江青）三人執筆的〈武訓歷史調查記〉在《人民日報》公開發表，郭沫若知道這篇長文的來頭，毛澤東的夫人親自出馬，豈可等閒視之，於是又寫了一篇〈讀《武訓歷史調查記》〉，發表在 1951 年 8 月 4 日的《人民日報》，再一次檢討了自己的錯誤。

　　毛澤東不滿意的文化界的思想混亂，其實就是思想多元。不論是文學藝術，還是學術思想，歷來是五光十色的。這本來是正常的文化生態。但毛澤東不喜歡這種局面，他就是要用自己的觀點統一文壇，方法就是搞批判，搞運動，而且一次比一次嚴厲。郭沫若知道毛澤東的脾氣和厲害，所以決心在政治上、思想上「以毛澤東的意見為意見」，至於自己原來的見解，不管有無道理，只要在政治上和毛澤東相左，就趕快檢討，表示放棄，直到毛澤東去世，他一直是這麼做的。

批判胡適派

　　胡適比郭沫若大一歲，在新文化運動中，也比郭沫若出名早，影響大。1921 年 8 月 9 日，他們在上海第一次見面。當時，胡適作為新文學的先驅，新文化的代表，已是北京大學教授。郭沫若則是留日學生，還沒有拿到畢業文憑，只是因為在上海《時事新報‧學燈》上發表了引人注目的新詩，詩集《女神》也剛剛出版。請他們同席吃飯的據胡適日記記載是商務印書館編譯所的工作人員周頌九和鄭心南，據郭沫若回憶是編譯所所長高夢旦。當時，胡適是編譯所請來的貴客，而郭沫若則初露頭角，未能在商務出書。郭沫若記載，高夢旦向胡介紹：「這是沫若先生，我們沫若先生很有遠大志向，不久還要折回日本去繼續學業。」胡適說：「很好的，我們就等郭先生畢了業後再作商量了。」同席有人稱讚：有幸親炙兩位新詩人第一次見面！胡適說：豈敢，豈敢，要說新，我們郭先生才是真正的新，我的要算舊了。由此看，當時他們的關係表面上還是比較友好的。雖然，郭沫若內心對胡的居高臨下未必必悅。胡適當天的日記這樣說：「沫若在日本九州學醫，但他頗有文學的興趣。他的新詩頗有才氣，但思想不大清楚，功力也不好。」

　　創造社成立後，郁達夫先有文字影射胡適，被胡反擊，郭隨即出來為郁達夫助戰：「你北京大學的胡大教授噢！……我勸你不要把你的名氣來壓人，不要把你北大教授的牌子來壓人，你須知這種如煙如雲沒多大斤兩的東西是把人壓不倒的！」胡適對郭沫若和郁達夫的態度十分和緩，給他們二人去了一封信：「我對你們兩位的

文學上的成績，雖然也有不能完全同情之處，卻只有敬意，而毫無惡感。⋯⋯我盼望那一點小小的筆墨官司不至於完全損害我們舊有的或新得的友誼。」看信後，郭沫若也回了一封信：「先生如能感人以德，或則服人以理，我輩尚非豚魚，斷不至於因此小小筆墨官司便致損及我們的新舊友誼。」

以後，郭、胡之間互相看望。1923 年 10 月 11 日，胡和徐志摩一起去郭沫若家看望，見郭沫若手裏抱著孩子，樣子比較狼狽。出門時便對徐志摩說：「然以四手兩面維持一日刊，一月刊，一季刊，其情況必不甚愉適，且其生計亦不裕，或竟窘，無怪以其狂叛自居。」[1]

胡適的理解，彌合了雙方的裂痕。三天以後，郭沫若請胡適吃飯，還浪漫地抱吻了胡適。

胡、郭二人，知識領域都比較寬廣，都屬於百科全書式的學者，所以在知識界都是領袖人物。這以後，幾十年的風雲變幻，他們政治傾向相左，遂成為中國知識份子不同追求的代表。郭沫若是共產主義知識份子的代表，而胡適則成為自由主義知識份子的代表。在1949 年新舊政權轉換之後，郭沫若入選新中國政府，胡適則遠走美國，後來又到臺灣擔任中央研究院院長。

胡適雖然去了臺灣，但他在大陸知識界的影響並沒有馬上消失。對此，毛澤東是不滿意的。毛澤東不但是新中國的政治領袖，還要做新中國的精神導師。於是，在 1954 年發動了對俞平伯《紅樓夢研究》的批判，打響了清除胡適影響的文化戰役。

事情是無意中引起的。1952 年 9 月，胡適派的俞平伯將 28 年前的舊作《紅樓夢辨》加以修改，改名《紅樓夢研究》，由棠棣

---

[1] 郭沫若《創造十年》，引自《郭沫若全集》文學編第十二卷，人民文學出版社，1992 年。

出版社出版。1954 年，俞平伯又在《新建設》雜誌 3 月號上發表了〈紅樓夢簡論〉，對於他研究紅樓夢的成果作了扼要的總結。這引起了李希凡、藍翎兩位青年學者的注意。他們在同年 5 月 4 日前夕寫成了〈關於《紅樓夢簡論》及其他〉一文，試圖用馬克思主義的觀點，對俞平伯的觀點進行批判。他們的文章先投《文藝報》，未能發表，後來又投母校山東大學學報《文史哲》，終於發表出來。這件事正好成為毛澤東發動思想文化批判運動的契機。他寫信給中央政治局委員和其他一些相關人說：「這是三十多年來向所謂《紅樓夢》研究權威作家的錯誤觀念的第一次認真開火」，「事情是兩個『小人物』做起來的，而『大人物』往往不注意，並往往加以阻攔，他們同資產階級作家在唯心論方面講統一戰線，甘心做資產階級的俘虜，這同影片《清宮秘史》和《武訓傳》放映時的情形幾乎是相同的。被人稱為愛國主義影片而實際是賣國主義影片的《清宮秘史》，在全國放映之後，至今沒有被批判。《武訓傳》雖然批判了，至今卻沒有引出教訓，又出現了容忍俞平伯唯心論和阻攔『小人物』的很有生氣的批判文章的奇怪事情，這是值得我們注意的。」毛澤東最後把這篇文章提高到「反對在古典文學領域毒害青年三十餘年的胡適派資產階級唯心論的鬥爭」這樣一個政治高度。[2]

俞平伯只是一個戰役的突破口，並不是毛澤東真正的打擊目標。所以比起其他運動的對象，俞先生以後的日子只是被冷落，並沒有受到更嚴酷的迫害。毛澤東要批判的，一個是已經到了美國的胡適，還有就是黨內那些跟不上他思想的領導幹部，其中不但有把李希凡、藍翎說成是小人物的馮雪峰，實際上也包括稱讚過電影《清宮秘史》的劉少奇。

---

[2]　《建國以來毛澤東文稿》第 4 冊 574-575 頁，中央文獻出版社，1993 年。

　　說胡適毒害青年 30 餘年，意味著五四新文化運動以來，胡適的影響都是在放毒。但是毛澤東自己曾親口對斯諾過，新文化運動時期，他曾視胡適、陳獨秀的文章為楷模。那時，不僅毛澤東對胡適頗為尊崇，胡適對毛澤東也大加讚賞。胡適在《每週評論》上發表過一篇題為〈介紹新出版物〉的文章，文章說：「現在我們特別介紹我們新添的兩個小兄弟，一是長沙的《湘江評論》，一個是成都的《星期日》。」及至晚年，胡適在其回憶文章中還盛讚「我的學生毛澤東」在「共產黨裏白話文寫得最好」。1945 年 4 月和 7 月毛澤東分別委託董必武、傅斯年轉達他對胡適的問候，並希望老師在道義和精神上支持共產黨合理合法地存在。並想通過傅、胡取得美國朝野對中國共產黨的支持。有一種說法，1948 年毛澤東曾經對胡適的得意學生吳晗說，「只要胡適不走，可以讓他做北京圖書館館長！」但是胡適表示：「不要相信共產黨的那一套！」1950 年 5 月 11 日胡適的老朋友、史學家陳垣在《人民日報》上發表了〈北平輔仁大學校長陳垣給胡適的公開信〉，勸胡適正視現實，幡然覺悟，批判過去的舊學問，回到新青年之中，為廣大人民服務。胡適則發表了〈共產黨統治下「絕沒有自由」——跋陳垣給胡適的公開信〉。於是，從 1951 年 8 月起，大陸開始了一場有步驟地肅清胡適思想流毒的運動。

　　在這場思想文化戰役中，郭沫若不再像批判《武訓傳》那樣措手不及了。本來他早就和胡適分道揚鑣，這次運動，理所當然充當起先鋒的角色。11 月 8 日，郭沫若以中國科學院院長的身份，就文化學術界開展反對資產階級思想的鬥爭，對《光明日報》記者發表談話。他說，由俞平伯研究《紅樓夢》的錯誤觀點所引起的討論，是當前文化學術界的一個重大事件。這場批判不僅僅是對俞平伯本人，或者是對於有關《紅樓夢》研究進行討論和批判的問題，而應該看作是馬克思列寧主義思想與資產階級唯心論思想的鬥爭，這是

一場嚴重的思想鬥爭。他提出，討論的範圍要廣泛，應當把文化學術界的一切部門都包括進去，無論是在歷史學、哲學、經濟學、建築藝術、語言學、教育學乃至於自然科學的各個部門，都應當開展這個思想鬥爭。他最後畫龍點睛地說：胡適的資產階級唯心論學術觀點在中國學術界是根深蒂固的，在一部分高等知識份子中還有相當的潛在勢力。我們在政治上已經宣佈了胡適為戰犯，但有些人心目中胡適還是學術界的「孔子」，我們還沒有把他打倒。打倒胡適的「孔子」地位，樹立毛澤東的導師地位，郭沫若講清了這場鬥爭的實質。

　　1954 年 10 月 31 日到 12 月 8 日，中國文聯主席團和中國作協主席團召開聯席會議。會議前後連續召開了八次，就《紅樓夢》研究中的胡適派資產階級唯心論的傾向和《文藝報》的錯誤等問題展開了討論。在 12 月 8 日的主席團擴大的聯席會議上，郭沫若作了題為〈三點建議〉的總結性發言。發言原來的題目是〈思想鬥爭的文化動員〉，之前已由周揚送毛澤東審閱。毛澤東閱後批示：「郭老的講稿很好，有一點小的修改，請告郭老斟酌。〈思想鬥爭的文化動員〉這個題目不很醒目，請商郭老，是否可以換一個。」[3]郭沫若在正式發言時，根據毛澤東意見，改題為〈三點建議〉，發表在 12 月 9 日《人民日報》上。郭沫若的三點建議是：（1）必須堅決開展對於資產階級唯心論的思想的鬥爭；（2）應該廣泛地展開學術上的自由討論，提倡建設性的批評；（3）應該加緊扶植新生力量。郭沫若還宣佈，在 12 月 2 日中國科學院和中國作家協會的一次聯席會議上，已經通過了一項批判胡適思想的計畫。這次會議，推定郭沫若、茅盾、周揚、潘梓年、鄧拓、胡繩、老舍、邵荃麟、尹達九人組成委員會，郭沫若為主任。這個計畫亦由周揚送毛澤東審

---

[3]　季國平《毛澤東與郭沫若》第 211 頁，北京出版社，1998 年。

閱，毛澤東批示：照此辦理。隨後，哲學、歷史、文學、戲劇、教育等各個領域，紛紛開展了對胡適派的批判。艾思奇、胡繩、任繼愈、李達、侯外廬、范文瀾、何其芳等知名人士均紛紛上陣。

　　當時胡適在美國，對批判他的幾百萬文字，一篇篇都看了。他認為「不值一駁」，還說「有些謾罵的文字，也同時使我感覺到愉快興奮，」這說明，「我個人的四十年來的一點努力，已不是完全白費的。」唐德剛也曾回憶：「記得往年胡公與在下共讀海峽兩岸之反胡文章之時（大陸叫「反動學術」，臺灣叫做「毒素思想」）胡氏未寫過隻字反駁，但也未放過一字不看，他看後篇篇都有意見。大體說來，他對那比較有深度的文章的概括，批評是「只知其一，不知其二」。胡適是位很全面的通人兼專家。其專家的火候往往為各專業的專家所不能及。所以，各行專家只知從本行專業的角度來批胡。往往就是以管窺豹、見其一斑。只知其一，不知其二，就為通人所笑，認為不值一駁了。」

　　40 多年過去了。回過頭來再看這場批判，乏善可陳。其負面的影響是顯而易見的。在一個正常的思想文化環境裏，你盡可以用階級鬥爭的觀點評論《紅樓夢》，他也盡可以用實證主義的方法研究《紅樓夢》，不能因為你掌握政治權力，就剝奪別人的學術自由。怎麼看待《紅樓夢》的爭論，犯不上興師動眾，讓全國知識界都來表態批判。這麼一來，學術自由就談不上了。其後中國學術研究的路子，也的確是越來越窄了。當然，在這個問題上，郭沫若不能承擔主要責任，說到底，他只是充當了御用工具。

　　批判胡適的運動是以胡適的兒子獨生子胡思杜自殺結束的。胡思杜 1950 年從華北革命大學畢業分配到唐山鐵道學院「馬列部」任歷史教員。1957 年「鳴放」時他曾表示要與父親劃清階線，並積極要求加入中國共產黨，還向黨組織提出教改建議。但反右開始後，他首先遭到批判，因而對生活絕望，遂於 1957 年 9 月自殺身

亡。郭沫若當然料想不到，兒子自殺的悲劇，十年以後會在自己家裏重演。

據唐弢先生在《春天的懷念》中回憶，1956 年 2 月的一天，毛澤東在懷仁堂宴請出席全國政協會議的知識份子代表時說：「胡適這個人也頑固，我們託人帶信給他，勸他回來，也不知他到底貪戀什麼？批判嘛，總沒有什麼好話，說實話，新文化運動他是有功勞的，不能一筆抹煞，應當實事求是。二十一世紀，那時候，替他恢復名譽吧。」可見，胡適是什麼人，毛澤東心裏十分清楚，批判胡適目的，他心裏更明白，可憐多數人昏頭昏腦被當槍使了。

批判胡適派的颱風還沒有塵埃落定，毛澤東發動的批判胡風的鑼鼓又開了場。郭沫若與胡風曾經有過一段友誼。在抗日戰爭時期，他們曾同在重慶文化界活動，同屬周恩來麾下的文化陣營，來往很多，胡風多次去郭沫若家晤談，郭沫若也曾向胡風約稿。1941年慶祝郭沫若 50 大壽，胡風是積極參與者之一。郭沫若過 51 歲生日，胡風還送他一首詩：

> 城有天官府，鄉有賴家橋。
> 畫地作天堂，休道老漁樵。
> 有無何必問，屈子枉行吟。
> 不見伽藍殿，肉身佛幾尊。
> 當年拜印度，今日拜誰來？
> 藍衣雖易色，依照老希裁。
> 沿街飛馬面，租界暫安然。
> 鐵剪橫天下，抽屜當名山。
> 壽筵不用草，稗子也還稀。
> 且盡今朝酒，金風剪破衣。

鮮為人知的是，在不久後開展的延安整風中，周恩來與重慶文藝界的聯繫曾受到嚴厲的批評。1943 年 10 月 12 日中宣部致電董必武，批評《新華日報》、《群眾》未認真宣傳毛澤東同志思想，而發表許多自作聰明錯誤百出的東西。首當其衝的就是胡風的〈民族形式問題〉。當時，就已經發現胡風的文藝觀點與毛澤東的觀點相左。同時受到批評的還有在周恩來身邊工作的黨內才子陳家康、喬冠華、胡繩等，他們的思想見解也與胡風相近。董必武當時向延安彙報他們的思想是：偏重感情，提倡感性生活，注意感覺，強調心的作用，認為五四運動之失敗，由於沒提倡人道主義，主張把人當人。1945 年和 1948 年，共產黨方面的文化人，通過批評舒蕪的〈論主觀〉，先後兩次對胡風文藝思想進行過批評。到了 1955 年，胡風問題卻由文藝思想之爭、宗派之爭突然被毛澤東升級為與反革命集團的鬥爭，數百位和胡風有這樣那樣聯繫的知識份子紛紛被捕。毛澤東的定性，最初連周恩來、周揚都感到意外。當時，處理胡風案子的，有陸定一、羅瑞卿、周揚等 10 人小組負責，郭沫若沒有參與決策，只是作為知識界的頭面人物，跟著上綱上線地表態。4 月 1 日，郭沫若在《人民日報》發表了〈反社會主義的胡風綱領〉一文。他指出，多年來，胡風在文藝領域內系統地宣傳資產階級人性論，反對馬克思主義，已形成了自己的一個小集團。解放前，在他的全部文藝活動中，他的主要鋒芒總是針對著那時候共產黨的和黨外的進步文藝家。解放後，仍堅持他們一貫的錯誤的觀點立場，頑強地和黨所領導的文藝事業對抗。

5 月 25 日，郭沫若主持召開了全國文聯主席團和中國作協主席團聯席會議。他在開幕詞中說。人民日報揭露的材料，完全證實了胡風集團 20 多年來一直是進行反黨、反人民、反革命活動的。胡風集團已不僅是我們思想上的敵人，而且是我們政治上的敵人。

　　第二天，郭沫若又在《人民日報》發表文章〈請依法處理胡風〉：
「到了今天，全國人民正在集中力量從事社會主義建設的時候，而
像胡風這樣的知識份子竟然還公然披著馬克思主義的外衣，有組織
地來進行內部破壞，這是怎樣也不能容忍的。今天對於怙惡不悛、
明知故犯的反革命分子必須加以鎮壓，而且鎮壓得必須比解放初期
更加嚴厲。在這樣的認識上，我完全贊成好些機構和朋友們的建
議，撤銷胡風所擔任的一切公眾職務，把他作為反革命分子來依法
處理。」

　　如果說，郭沫若對《武訓傳》的批判，還包含著真心實意檢討
自己當初失誤的成份，那末，到批判胡風，他已經變為一種盲目的
緊跟了。胡風是不是反革命，他心裏未必沒有自己的想法。但從上
世紀 50 年代到 60 年代，中國知識界已經形成了一種牆倒眾人推的
風氣。只要上面宣佈誰是批判鬥爭的對象，大家也懶得去追問罪名
是真是假，就一擁而上地推波助瀾，生怕別人以為自己不革命。這
裏未嘗沒有求得自保的意味。

《百花齊放》

　　1956 年，毛澤東提出要在文藝界和科學界實行「百花齊放，百家爭鳴」的方針。百家爭鳴，是中國先秦時代曾經出現過的思想學術十分活躍的盛況。百花齊放，對於已經為公式化概念化的意識形態所苦藝術界來說，也是一個福音。在公民享有學術自由和創作自由的社會秩序裏，「百花齊放，百家爭鳴」本來就是常態。然而，在當時的中國，還是知識份子的奢望。

　　毛澤東提出要「百花齊放，百家爭鳴」後，時任中央宣傳部部長的陸定一就「雙百」方針作了報告，郭沫若亦為之歡欣鼓舞，於是，從 1956 年 3 月 30 日起啟動了一個他的系列詩歌創作計畫，即寫 100 首頌揚各種花的八行體新詩。這些詩，先是在 1958 年 4 月 3 日至 6 月 27 日的《人民日報》上連續發表，後結集名為《百花齊放》。這些詩中，每一種花都代表一種政治理念，一種時代精神。如〈水仙花〉：

> 碧玉琢成的葉子，銀白色的花，
> 簡簡單單，清清楚楚，到處為家。
> 我們倒是反保守，反浪費的先河，
> 活得省，活得快，活得好，活得多。
>
> 人們叫我們是水仙，倒也不錯，
> 只憑一勺水，幾粒石子過活。

我們是促進派，而不是促退派，
年年春節，為大家合唱迎春歌。

1956 年暑期，郭沫若只是試寫了三首，原因是「所熟悉的花不多，有的知其實而不知其名，有的知其名而不知其實，有的名實不相符，有的雖熟悉而並非深知」。到了 1958 年，受「大躍進」精神的影響，他決定完成它。於是，他先後走訪了天壇公園、北海公園、中山公園的園藝部，還去北京和內地其他一些賣花的地方請教，得到熱心朋友的幫忙，「有的借書畫給我，有的寫信給我，還有的送給我花的標本或者種子。」終於在 1958 年寫完了《百花齊放》。

這些詩在藝術上的缺點是明顯的。那種硬性的比附，主題先行，對他已不是偶然。新中國成立後，諸如學文化、抗美援朝、大躍進、除四害、講衛生，他都做了詩。比如〈學文化〉：

毛主席告訴咱：
工人階級當了家，
要把中國現代化，
要把中國工業化，
當家的主人翁，
必須學文化。

比如〈防治棉蚜歌〉：
棉蚜的繁殖力量可驚人
人們聽了會駭一跳。
棉蚜的生長季節裏
一個棉蚜要產子六億兆

> 這是單性生殖的女兒國，
> 一年間三十幾代有多不會少。

> 比如〈學科學〉
> 大家齊努力，
> 一切動手幹
> 光輝的目標在眼前，
> 加緊往前趕！

和這些詩相比，《百花齊放》中還有一些對花的恣態的描寫，詩味已多了不少。郭沫若在《百花齊放》後記中寫道：普通說「百花」是包含一切的花。是選出一百種花來寫，那就只有 100 種，而不包含其他的花。這樣，「百花」的含義就變了。因此，我就格外寫了一首「其他一切花」，做為第 101 首。我倒有點兒喜歡 101 數字，因為它似乎象徵著一元復始，萬象更新，這些有「既濟、未濟」味道，完了又沒完。「百尺竿頭更進一步」，這就意味著不斷革命。」

《百花齊放》的藝術性怎麼樣，郭沫若心裏非常清楚。當時，還是中學生的陳明遠直接寫信給他，說不喜歡它的《百花齊放》。他在 1959 年 11 月 8 日給陳明遠的信中說：「您對於《百花齊放》的批評是非常中肯的。儘管《百花齊放》發表後博得一片溢美之譽，但我還沒有糊塗到喪失自知之明的地步。那樣單調刻板的二段八行的形式，接連 101 首都用的同一尺寸，確實削足適履。倒像是方方正正、四平八穩的花盆架子，裝在植物園裏，勉強插上規格統一的標籤。天然的情趣就很少了！……我自己重讀一遍也赧然汗顏，悔不該當初硬著頭皮趕這個時髦。多年以來，我是愈加體會到：新詩，真是太難寫了。所以當詩興偶發，每每起筆就做成舊體詩。毛筆字也愈寫愈濫，不可自拔。毛筆字、文言文、舊體詩，三者像長袍馬

褂瓜皮帽　樣，是配套的。……我何嘗不想寫出像樣的新詩來？苦惱的是力不從心。沒有新鮮的詩意，又哪裡談得上新鮮的形式！希望你在我失敗的地方獲得成功。」

　　現在看來，《百花齊放》的問題，還不只是藝術上的單調刻板，缺少詩味。更嚴重的是，在郭沫若開始這個系列創作的 1956 年，中國曾經一度出現知識份子的早春天氣，一度有過百花齊放的意味，雖然好景不長，到郭沫若大量創作和發表這些詩的 1958 年，實際情況已經同「百花齊放、百家爭鳴」南轅北轍。經過反右派運動的風暴，「百家爭鳴」已經被解釋成「兩家爭鳴」；「百花齊放」也成了只許放「香花」，不准放「毒草」，大批有才華的作家和有個性的作品被打入另冊，所謂「百花」早已在寒風席捲之後一派凋零。郭沫若在 1958 年 4 月 21 日發表的〈茉莉花〉裏也寫道：

> 我們的花朵小巧，雪白而有清香，
> 簪在姑娘的頭上，會芬芳滿堂。
> 當然，人們也可以摘去焙成香片，
> 廚師們更可以用來點綴竹參湯。
>
> 有那骯髒的文人卻稱我們為「狎品」，
> 足見他們的頭腦是荒天下之大唐，
> 這樣的思想如果不加以徹底改造，
> 打算過社會主義革命關，休要妄想！

　　這時再創作《百花齊放》，不說是粉飾，起碼也是文不對題了！

《紅旗歌謠》

《紅旗歌謠》是大躍進的產物。

1958 年，在生產資料所有制的改造基本完成以後，中共中央提出了「鼓足幹勁，力爭上游，多快好省地建設社會主義」的總路線。本來計畫用 15 年到 20 年完成的農業合作化，結果三四年時間就突擊完成了。1958 年毛澤東外出視察農村，有人提出要辦人民公社，毛澤東說了一句「人民公社好」，中共中央政治局很快就通過了農村建立人民公社的決議。那一年，還提出了在工業戰線搞「技術革命，技術革新」，「增產節約」，「超英趕美」和「向科學文化進軍」的口號。於是，全國上下，很快掀起了大辦人民公社，大煉鋼鐵的熱潮，總路線、大躍進、人民公社成為舉國飄揚的三面紅旗。在這種「大躍進」的背景下，文藝創作方面出現了一些「新民歌」。有代表性的作品如：

〈我來了〉
天上沒有玉皇
地上沒有龍王
我就是玉皇
我就是龍王
喝令三山五嶽開道
我來了。

〈社是山中一株梅〉
我是喜鵲天上飛，
社是山中一株梅，
喜鵲落在梅樹上，
石滾打來也不飛。

〈一挖挖到水晶殿〉
鐵㩵頭·二斤半，
一挖挖到水晶殿，
龍工見了直打顫，
就作揖，就許願，
繳水繳水，我照辦。

〈妹挑擔子緊緊追〉
情哥挑堤快如飛
妹挑擔子緊緊追，
就是飛進白雲裏，
也要拼命追上你。

這些詩最初究竟是工農詩人所作，還是「勞動人民自由創作」，不得而知。但它的民歌形式和新的生活內容，被文藝界視為「新民歌」，和「社會主義新時代的新國風」。1958 年，郭沫若在《紅旗雜誌》第 3 期發表的〈浪漫主義和現實主義〉一文中說：「由於毛澤東同志經常告誡我們應當下鄉去或到工廠去「跑馬觀花」或者「下馬觀花」，我最近也到張家口專區去「跑馬觀花」了兩個星期。的確受到了很好的教育。在工農業生產大躍進的今天，地方上的建設熱情，真是熱火朝天，正在排山倒海……處處都在進行水利工程，

在劈開山岩，抬高河流，使河水上山……到處都是新鮮事物，到處都是詩，到處都是畫，詩畫氣韻生動，意想超拔，真是令人深深感動。……生產熱情高入雲霄，把太陽當著月亮，心境安閒；月亮當著太陽，勤勞不倦。

> 月下挖河泥，千擔萬擔，
> 扁擔兒──月牙彎彎。
> 咕，咕，像一群大雁。

> 朔風呼嘯，汗珠滿臉，
> 今年多施河泥千斤，
> 明年增產糧食萬擔。

這是一首新的民歌。

> 東方白，月兒落。
> 車輪滾動地哆嗦。
> 長鞭甩碎空中霧，
> 一車糞肥一車歌。

這是又一首新的民歌。

「……我到張家口地區去，自然而然地寫了幾十首詩，最後一首詩的最後一句是：『遍地皆詩寫不贏』，完全是我的實感。……你看，豬肉在見風長，果實在見風長，糧食在見風長，鋼鐵在見風長，好像都在為實現總路線而作最大的努力、最親密的團結。」

新民歌創作最初有很大的自發性，也不失想像的大膽與奇特。後來，隨著勞民傷財的大煉鋼鐵；不合時宜的大辦食堂；「放衛星」的浮誇風，文藝界也有人提出要放衛星。於是當時的文藝界領導不失時機地提出「人人寫詩，人人作畫」，號稱：「中國人多英雄多，

一人一鏟就成河。中國人多好漢多，一人一鎬把山挪。中國人多畫家多，一人一筆新山河。中國人多詩人多，一人一首比星多。」「放衛星」文藝創作很快變成一種行政行為。一些地方搞起所謂萬首詩鄉，萬首詩兵營，萬首詩學校，提出縣縣出李白，鄉鄉出魯迅。一些基層領導強制性命令某車間、某生產隊一夜之間要出多少多少詩，寫不出來，不能睡覺，不能吃飯。搞得工人、農民、學生、戰士、為了完成寫詩的政治任務吃不下飯，睡不著覺，你抄我一句，我抄一首，使民歌創作成了運動群眾的蠢事。如「人有多膽，地有多大產」；「敢問河西英雄漢，小麥何時上五千」；「一個蘿蔔有多重，十個後生抬不動，用刀砍回一半來，足夠全村吃三頓」這樣的詩，不知編了多少。對於這種「創造」，郭沫若在〈跨上火箭篇〉中表達了他的態度：

> 「文藝也有試驗田，
> 　衛星幾時飛上天？
> 　工農文章遍天下，
> 　作家何得再留連。」

> 「到處都是新李杜，
> 　到處都有新屈原。
> 　荷馬但丁不稀罕，
> 　莎士比亞幾千萬。

> 　李冰蔡倫接聯翩，
> 　建築聖人賽魯班。
> 　哥白尼同達爾文，
> 　牛頓居里肩並肩。」

　　郭沫若在《長春行》等詩集中，同樣有這樣的詩句：「水稻產量的驚人，已聞畝產幾千斤！」；「不見早稻三萬六，又傳中稻四萬三」；「不聞鋼鐵千萬二，再過幾年一萬萬」等等。他還有詩曰：

> 各盡所能配所需，
> 將成老生之常談。
> 人間天國烏托邦，
> 真是家常茶便飯。
> 未來遠景多燦爛？
> 事在人為不虛玄。
> 當前躍進是榜樣，
> 跨上火箭往前趕。

1958 年 9 月 4 日，他給《人民日報》寫了這樣一封信：

> 編輯同志：
> 　　我是 8 月 31 日來長春的，參加了精密儀器八大件試製成功慶祝大會，不日將離此回京。
> 　　閱報見麻城早稻產量已超過繁昌，前寄上的「跨上火箭篇」中有一節須要全改。
> 「早稻才聞三萬六，
> 中稻又傳四萬三。
> 繁昌不愧號繁昌，
> 緊緊追趕麻城縣。」
> 請改為
> 「麻城中稻五萬二，
> 超過繁昌四萬三。
> 長江後浪推前浪，

驚人產量次第傳。」

　　這確實證明：我的筆是趕不上生產的速度。

　　該詩如已發表，可否請將此信刊出以代更正。又鋼產量千萬二句，請改為「千萬另」。

郭沫若

1958 年 9 月 4 日於長春

　　從這封信可以看出，郭沫若是很認真地相信了當時的浮誇宣傳。通常，人的輕信是一種可以原諒的失誤。但在當時，也有不輕信不盲從的人。若平時養成了隨波逐流的習慣，遇到這種大面積的謊話，自然不容易識別。作為中國科學院院長的郭沫若這樣輕信，無疑會助長科學界輕信。在大躍進的浪潮中，科學精神之光，在中國大地上熄滅了。

　　受毛澤東之命，郭沫若和周揚領銜合編了《紅旗歌謠》，算是新民歌運動最權威的版本。《紅旗歌謠》的序言中說：「大躍進中產生的民歌是美不勝收的，我們以精選為原則。我們的標準是：既要有新穎的思想內容，又要有優美的藝術形式。我們看到很多的新民歌思想超拔，形象鮮明，語言生動，音調和諧，形式活潑；它們是現實主義，又是浪漫主義的。我們帶著無限的喜悅心情把這些民歌選在本集裏。」比起大躍進時代各地製造的浩如煙海的「新民歌」，《紅旗歌謠》編選的民歌，格調比較健康、清新。無論怎麼歌頌，總還是「浪漫地」地誇張，人為地違背自然常識地胡吹亂造的沒有。想像力「最豐富」的也不過是「玉米稻子密又密，鋪天蓋地不透風，就是衛星掉下來，也要彈回半空中」。在浮誇風中還不算登峰造極。

　　後來，郭沫若還是看出了大躍進的荒謬。在 1963 年 11 月 14 日致陳明遠的信中說：「大躍進運動中，處處放衛星、發喜報、搞獻禮，一哄而起，又一哄而散；浮誇虛假的歪風邪氣，氾濫成災，

後來強調重視調查研究，樹立「三敢三嚴」的作風，稍有好轉。但是直到如今，詩歌評論界（以至整個文藝界）的風氣，還是沒有徹底端正過來。一些所謂文藝界頭面人物，再次敗壞現實主義與浪漫主義相結合的名譽，把現實主義醜化為板起面孔說教，把浪漫主義醜化為空洞的豪言壯語。上有好者，下必甚焉。不僅可笑，而且可厭。假話、套話、空話，是新文藝的大敵，也是新社會的大敵。」

　　對於這些信的真實性，郭沫若的秘書和女兒曾著文質疑。我傾向於相信這是郭沫若的心裏話。

文革第一波

　　1965 年末，姚文元批判京劇《海瑞罷官》的文章在《文匯報》發表以後，文化大革命的鼓聲一陣緊似一陣，吳晗、田漢‧翦伯贊相繼被批判，郭沫若也有唇亡齒寒之感。此前，郭沫若曾於 1960 年觀看川劇《大紅袍》，作七律一首：

　　　　剛峰當日一人豪，
　　　　克己愛民藐鋸刀。
　　　　堪笑甕君如土偶，
　　　　竟教道士作天驕。
　　　　直言敢諫疏猶在，
　　　　平產均田見可高。
　　　　公道在人成不朽，
　　　　於今猶演大紅袍。

　　並有注釋：《大紅袍》即《海瑞傳》，海瑞號剛峰先生。明史傳稱海瑞主張恢復井田制，不得已則當限田，再不得已亦當均稅。此人在當時頗得民心。

　　1961 年 2 月，郭沫若到海口參觀海瑞墓，又作詩稱讚海瑞：「我知公道在人心，不違民者民所悅。史存直言敢諫疏，傳有平產均田說。」

　　肯定海瑞，本是歷史學家歷來的主流觀點。毛澤東本人也在黨內倡導學習海瑞精神。連吳晗寫《海瑞罷官》也不是自發行為，而

是響應毛澤東的號召才下筆。但到文革前夕，誰讚揚海瑞就等於誰要為彭德懷翻案，就等於反黨反社會主義。稱讚過海瑞自然也成了郭沫若的一塊心病。

1966 年 1 月，他寫信給中國科學院副院長兼黨委書記張勁夫說：

> 我很久以來的一個私願，今天向您用書面陳述。我耳聾，近來視力也很衰退，對於科學院的工作一直沒有盡職。我自己心裏是很難過的，懷慚抱愧，每每坐立不安。因此，我早就有意辭去科學院的一切職務（院長、哲學社會科學部主任、歷史研究所所長、科技大學校長等等），務請加以考慮，並轉呈領導上批准。
>
> 我的這個請求是經過長遠的考慮的，別無其他絲毫不純正的念頭，請鑒察。
>
> 敬禮
>
> 郭沫若
>
> 一九六六年一月二十七日

張勁夫收到這封信後，馬上於 1 月 31 日下午 4 時去郭沫若家看望。他對郭沫若說，信已收到，感到茲事體大，已將信送給定一同志，並請定一同志轉中央。是否由於我們工作有缺點，使郭老感到有負擔，請郭老告訴我們，以便努力改正。因為聶總在廣州休養，我托聶總秘書將郭老信的內容轉報了聶總。聶總秘書由廣州打電話來，要我將聶總的話轉告郭老。聶總說，他得知郭老的信，感到有些驚訝。如果是科學院的工作同志工作中有缺點，對郭老尊重不夠，望郭老不用客氣提出來，務必改正。

郭沫若對張勁夫說：「我寫信決不是聶總和你說的原因，而是從最近批判《海瑞罷官》等問題，感到自己問題也很多。我自己感

到是一潭臭水，只是蓋子未揭開，一揭開蓋子，問題是很多的，繼續擔當這些職務，怕影響不好，於心很不安。過去我也曾經提過，最近經過一再考慮，所以寫這封信，主要是自己感到慚愧。我連現在住這樣的房子也感到不安，有時想到是否讓我下去鍛煉鍛煉，當一個中學教員。」

張勁夫說：「郭老著作中的一些問題，與吳晗等人的問題，根本性質不同。」

郭沫若說：「我的問題是與吳晗不同，吳是借古諷今，我是借古頌今。如《武則天》中的裴炎，我是影射彭德懷的。不過我仍是感到問題不少。比如學雷鋒、王傑，要言行一致，我在有些問題上就不夠言行一致。黨對我這樣重視，擔任這麼多職務，有時總感到不安，怕影響不好。中央指示要大力提拔新生力量，是否提拔年紀輕一些的人來擔任更好。」

張勁夫說：「有些領導職務，要考慮國內國外的影響。」

郭沫若向張勁夫談起歷史學界幾年來的情況，說許多事情當時並不清楚，接下來尹達同志向我反映了，我才比較清楚。階級鬥爭確實很尖銳，很複雜。郭沫若還把尹達的文稿《史學遺產與史學革命》及自己寫的〈批判海瑞與思想改造〉拿給張勁夫看。

張勁夫和郭沫若商議開一個黨委擴大會，郭沫若表示：因聽覺不便，有些會不能參加，對會議文件一定要參加討論。

張勁夫還說：郭老前一時看了許多所的工作，給青年人鼓舞很大，還有幾個單位未看，是否在身體好的時候繼續去看。

其實，張勁夫的背後，黨內高層對郭沫若要求辭職事有一系列的舉動，此事成為產生有名的〈二月提綱〉的一個原因，驚動到毛澤東。據龔育之回憶：

1 月 29 日，許（立群）把林（潤青）和我找去，說，于光遠送來郭沫若的一封信，是郭交給張勁夫的。……

許說，他已經向彭真報告了這件事情。

許還說，郭老都很緊張了。這件事很重大。估計郭老可能讀到統戰部的《零訊》和《光明日報情況簡編》，這兩個內部材料，都反映了一些人主張批判郭老的《武則天》、《蔡文姬》。聽說，郭老還寫過兩首關於海瑞的詩。春節前哲學社會科學部負責人向郭老彙報工作時，曾說過歷史學方面的學術批判，還要擴大發展下去。春節的科學院團拜和政協常委團拜，郭老都不願坐到主席臺上去。他可能擔心也會在報刊上被公開批判，因而先提出辭去有關職務。于光遠建議，最好由中央負責同志找他談一下，向他交底，把學術批判中不在報刊上公開批判郭老的底交給他。

許要我們詳細查查《零訊》、《光明日報情況簡編》和其他一些內部反映，我們很快摘出了〈很多人提出要批判郭沫若、范文瀾等同志〉這個材料，其中提到一些報刊已收到批評郭沫若的《武則天》等劇本的文章。也找到了那兩首詩。許修改了材料，在重要處加了黑體。

許立群一直擔心批判牽扯過眾，擴大過多。北京六報刊座談簡報提出了這個問題，現在郭老的信，說明了這個問題的嚴重和緊急。

許立群當時是中宣部副部長。他就批判《海瑞罷官》以來需要解決的問題給彭真寫了一封長信，成為有名的〈二月提綱〉的雛形。彭真把此信和七個附件送毛澤東、劉少奇、周恩來、鄧小平、陸定一、吳冷西。2月8日毛澤東在武漢東湖當面聽許立群彙報。事後，許立群告訴龔育之，毛澤東表示，不要批評郭老和範老，他們兩個還要在學術界工作，表示一點主動，作一點自我批評好。

許立群就把〈二月提綱〉裏涉及郭老、范老的兩句話刪了。[1]

---

[1] 見龔育之：《在漩渦的邊緣》56頁、61頁，河南人民出版社1998年12月。

還有人提到毛澤東說，郭老、範老這兩個老要保護。郭老是好人，功大於過。胡適講共產黨不懂學術，郭老搞古代史就很有成就。有人當時還插話，郭沫若在海南島寫了兩首頌揚海瑞的詩發牢騷。毛澤東說，郭老寫兩首詩不算什麼，他是個雜家。[2]

毛澤東授意江青組織張春橋、姚文元批《海瑞罷官》的目的是由吳晗而彭真，由彭真而劉少奇。別人當時不知道毛澤東心中的運動路線圖，才抓住郭沫若不放。毛澤東很清楚，所以說好話保郭沫若過關。

但是，沒有多久，中宣部部長陸定一便被打倒，中宣部也被毛澤東宣佈為閻王殿。這不能不引起郭沫若新的心理壓力。

1966 年 4 月 14 日，人大常委會舉行第三十次會議，新任文化部副部長石西民作〈關於社會主義文化革命〉的報告，郭沫若聽後即席發言：石西民同志的報告，對我來說，是有切身的感受。說得沉痛一點，是有切膚之痛。在一般的朋友、同志們看來，我是一個文化人，甚至於好些人都說我是一個作家，還是一個詩人，又是一個什麼歷史家，一直拿著筆桿子在寫東西，也翻譯了一些東西。按數字來講，恐怕有幾百萬字了。但是，拿今天的標準來講，我以前所寫的東西，嚴格地講，應該全部把它燒掉，沒有一點價值。……我自己作為一個黨員，又是一個什麼家，眼淚要朝肚子裏流。我雖然已經七十幾歲了，雄心壯志還有一點。就是說要滾一身泥巴，我願意；要沾一身油污，我願意；甚至於要染一身血跡，假使美帝國主義要來打我們的話，我向美帝國主義分子投幾個手榴彈，我也願意。」[3]

2　馮錫剛：《郭沫若的晚年歲月》43-44 頁，中央文獻出版社 2004 年 6 月。

3　馮錫剛：〈郭沫若在 1966 年〉，見丁東編：《反思郭沫若》，作家出版社 1999年 3 月出版，第 9-10 頁。

郭沫若再不提辭職之事,但對自己以前的作品,來個全盤否定。這種說法,正合毛澤東的心思。當康生讓人大秘書長連貫將記錄稿送毛澤東時,毛澤東立即指示公開發表。發表以後,在國內外引起連鎖反應。日本一些作家認為郭沫若受到很大壓力。蘇聯《文學報》也全文刊載,讓國人感到有幸災樂禍之意。在7月4日的亞非作家會議上,郭沫若對此作了辯解:「我說用今天的標準看來,我以前所寫的東西沒什麼價值,應該燒掉。這是我的責任感的昇華,完全是出自我內心深處的聲音。但我這話傳播出去,出乎意外地驚動了全世界,有不少朋友對我表示深切的關懷。在資本主義國家和現代修正主義國家的報紙和刊物上,還卷起了一陣相當規模的反華浪潮。它們有意歪曲我的發言,籍以反對我國的文化大革命。」

這段往事,已經過了30多年。現在看,郭沫若4月14日的發言未嘗不是出於恐懼心理。與其像吳晗一樣被當成「文化大革命」的靶子,不如自己先說點過頭話,以便解脫出來。但這種做法,起碼在客觀上為全盤否定歷史的極左思潮助長了聲勢。考慮到郭沫若說這番話時有「拿今天的標準來講」的限制詞,倒也算符合當時的實際。而他7月4日的自辯是很勉強的。對待發動文革的問題,當時是旁觀者清,當局者迷。

文革開始後,懷疑一切的思潮十分盛行。社會上謠傳郭沫若為長篇小說《歐陽海之歌》所題書名中隱有「反毛澤東」字樣,有些中學生甚至要求郭沫若限期交待罪行。當時周恩來為保護郭沫若,讓他轉移住地,住進供毛澤東等中央領導人休養的新六幹所。郭沫若作《水調歌頭》一首,記錄了這件事:

《歐陽海之歌》書名為余所寫,海字結構本一筆寫就。有人穿鑿分析,以為寓有「反毛澤東」四字,真是異想天開。

海宇生糾葛，
穿鑿費深心。
爰有初中年少，
道我為斂壬。
誣我前曾叛黨，
更復流氓成性，
罪惡十分深。
領導關心甚，
大隱入園林。

初五日，
雪時頃，
飭令嚴。
限期交待，
如敢搞違罪更添。
堪笑白雲蒼狗，
鬧市之中出虎，
朱色看成藍。
革命熱情也，
我亦受之甘。

　　然而，災禍並沒有如郭沫若的預期降臨到他的頭上。毛澤東拿
吳晗開刀，意在順藤摸瓜，揪出身邊的「赫魯雪夫式的人物」，而
不是揪出比吳晗更大的學術權威。很快，局勢就明朗了。郭沫若明
確地被中央定為重點保護對象。

　　1966 年 8 月 29 日晚，中央文史館館長章士釗被紅衛兵抄家。
次日，章士釗給毛澤東寫信請求保護，毛澤東當天批示：「送總理

酌處。應當予以保護。」周恩來當天親筆寫了一份應予保護的著名人士名單，包括宋慶齡、郭沫若、章士釗、程潛、何香凝、傅作義、張治中、蔡廷鍇、邵力子、蔣光鼐、沙千里、張奚若、李宗仁等。這些人，基本上都是著名民主人士。顯然，郭沫若在紅衛兵破四舊抄家的高潮中，按優待高級民主人士的特殊政策免受衝擊。當時，共產黨內的高級幹部不在這個政策的保護之列。

中華人民共和國中央人民政府建立時，郭沫若以無黨派民主人士的身份擔任政務院四個副總理之一，主管文教。1958 年公開宣佈入黨，但不曾以黨內領導人身份出現。1969 年 4 月舉行的中國共產黨第九次全國代表大會，是共產黨內大批老資格的高級領導幹部紛紛靠邊站的一次黨代會。而郭沫若卻在這次大會上第一次當選中共中央委員。在這次黨代會上，陳毅等被列入二月逆流的老幹部也當選了中央委員，卻並沒改變他們靠邊站的處境。他們在分組會中還得挨批作檢討，連當選中央政治局委員的朱德在分組會上都受到造反派出身的黨代表的訓斥。相比之下，郭沫若的日子要好過得多。毛澤東在「九大」開幕前一天的下午兩點鐘，還給將在第二天代表中共中央作政治報告的林彪寫了一封信，內容是「林彪同志：又看了一遍，作了一些修改，主要是把第四節與第三節對調一下，末尾一小節當作第五節。這是郭沫若同志提出來的，我覺這個意見較好。是否可以，請你酌定，並告姚、張二同志。」郭沫若雖然只是就九大政治報告的邏輯結構提了一些技術性的修改意見。但在當時，能夠被徵求意見，提出意見又能得到採納的人，實在是太少了。陳伯達當時是中央政治局常委，他為九大政治報告起草的初稿，因為主張發展生產被毛澤東斷然否定，惶惶不可終日。由此可見郭沫若當時的政治處境已經相當安全了。

「九大」期間，共召開三次全體會議，郭沫若分別作〈滿江紅〉三首以紀之，其一是〈慶祝九大開幕〉：

雄偉莊嚴，
像滄海，
波濤洶湧。
太陽出，
光芒四射，
歡呼雷動。
萬壽無疆聲浪滾，
三年文革凱歌縱。
開幕詞，
句句如洪鐘，
千鈞重。

大工賊，
黃粱夢；
帝修反，
休放縱！
聽諄諄教導，
天衣無縫。
改天換地爭勝利，
除熊驅虎英雄頌。
慶神州，
一片東方紅，
獻忠勇！

其二是〈歌頌九大路線〉：

九大高潮，
新路線，

康莊大道！
專政下，
堅持革命，
加強領導。
赤縣神州紅萬代，
無產階級長不老！
七億人，
朝氣如星雲，
團結好！

紙老虎，
戳穿了；
烏龜殼，
粉碎掉。
喜納新吐故，
心雄力飽！
萬朵葵花頭上仰，
一輪紅日心中照。
新凱歌，
來自新戰場，
珍寶島！

其三是〈慶祝九大閉幕〉：

〈國際歌〉中，
慶「九大」，
輝煌閉幕。
呼萬歲，

千聲霹靂，
萬聲台颸。
天地立心妖霧掃，
帝修落魄瘟神懼。
喜工農，
牢掌專政權，
真民主。

團結會，
及時雨；
有希望，
闢新宇。
同環球涼熱，
還須爭取。
備戰備荒抓革命，
戒驕戒躁服民務。
更高擎，
天樣大紅旗，
排空舞。

　　這幾首詞，雖然運用流行口號不無生硬之處，但還是表現了郭沫若當時的喜悅心情。經過文革第一回合驚天動地的政治風浪，總算是平安著陸了。

郭世英之死

　　郭世英是郭沫若的第六個兒子，在 11 個兒女中排行第八。生於 1942 年，母親于立群。牟敦白在回憶文章中這樣形容他：「一米七八的個子，經常鍛煉，身材勻稱結實，一張馬雅可夫斯基式的線條分明的面孔，和郭沫若先生文質彬彬的形象大不相同，除了那繼承乃父智慧的寬闊的前額，他完全是一個現代型的知識份子。」他在北京 101 中學畢業後，考入北京大學哲學系。他是一個才華過人的青年，他有一顆敏銳而獨立的心，不甘於按部就班地進入體制，而是和張東蓀的孫子張鶴慈等幾個朋友成立了一個 X 詩社，一起切磋藝術，也探討政治和學術問題。他們相互通信，還油印了刊物。但這些很快落到了公安部門的手裏。並引起最高領導人的震怒。X 詩社被打成反動組織，幾個成員被捕。郭世英因為父親的特殊地位，在周恩來的過問下，「敵我矛盾按人民內部矛盾處理，」送河南黃泛區西化農場勞動。一年多以後，郭世英已是一派農民打扮，生活習慣也完全農村化，好像換了一個人。被允許回北京後，郭世英入農業大學改讀植物栽培學，再不過問藝術和政治問題。青年學生自發地成立一個詩社，在父輩的青年時代是很正常的。沒有創造社，就沒有郭沫若的崛起。然而當兒子們也要嘗試一下父輩做過的事情時，卻遭到了如此噩運。並且麻煩並沒有結束。文革高潮中的 1968 年 4 月 19 日，有「前科的」郭世英遭到了中國農業大學造反派的綁架和關押。據說他們得到了中央文革成員的指示。兇信馬上傳到了家中。當晚，郭沫若要出席一個有周恩來參加的宴會。于立

群一再懇求丈夫，轉告周恩來，請他救救兒子。這一晚，郭沫若就坐在周恩來的身旁，卻沒有向周恩來開口。

幾天之後，噩耗傳來，兒子已經告別了人世。楊健在《文革中的地下文學》一書中是這樣記載的：「郭世英在 1968 年 4 月 26 日清晨 6 時，被造反派迫害至死。在農業大學私設的牢房中，他被四肢捆綁在椅子上，輪番批鬥，連續三天三夜，受盡人身污辱。然後，人反綁著從關押他的房間，一個三層樓上的視窗中，『飛出來』，肝腦塗地。」

得知兒子的噩耗，面對妻子的指責，郭老無奈地說了一句話：「我也是為了祖國好啊！」

祖國，這裏實際上是國家機器。這架機器自誕生之後，他一直為之呼喊，而絲毫不敢違背其意志。沒想到，這架機器竟然張開了血盆大口，生吞了自己最心愛的兒子。郭沫若的另一個兒子郭民英，原來在中央音樂學院學習，因為把家中一台答錄機拿到學院使用，有同學給毛澤東寫信，批評這是特殊化，毛澤東作了批示，郭民英只好棄學從軍，1967 年因憂鬱型神經分裂症發作而棄世。

也許是懊悔兒子活著的時候，做父親的沒有幫他抓住最後的生機；也許是感慨「革命」的瘋狂與殘酷，這時，年事已高的郭沫若開始伏案，用毛筆工工整整地抄寫兒子留下的日記。他整整抄了八冊，和兒子的遺像一起放在案頭，直到去世。這成為他晚年心靈深處難以癒合的傷痛。

水調歌頭

　　郭沫若以詩成名。寫詩，幾乎貫穿了他的一生。在他的晚年，每當發生重大政治事件，往往要發表詩詞表態。也許是巧合，這些表態性詩詞，不少都用了《水調歌頭》的詞牌。比如 1966 年 8 月中共召開八屆十一中全會，郭沫若時在上海，8 月 19 日發表了如下一首：

> 戰鼓雲霄入，
> 火炬雨中紅。
> 千萬人群潮湧，
> 上海為之空。
> 昨日天安門外，
> 主席親臨檢閱，
> 今夕一般同。
> 請莫徒驚訝，
> 主席在心中。
>
> 頌公報，
> 歌決定，
> 慶成功。
> 普天同慶，
> 八屆新開十一中。

創造上層建築，
掃蕩蛇神牛鬼，
除去害人蟲。
深入新階段，
革命鼓雄風。

　　當時，中國作家詩人基本上處於人人自危的狀態，能夠在報紙雜誌上公開署名發表詩詞者已經沒有幾個。郭沫若能夠署名發表詩詞，不論寫得怎麼樣，本身表明他享受著一種特殊的政治待遇。

　　9 月 5 日，郭沫若又為毛澤東一個月前的大字報〈炮打司令部〉，作了一首：

一分總為二，
司令部成雙。
右者必須炮打，
哪怕是銅牆！
首要分清敵友，
不許魚龍混雜，
長箭射天狼。
惡紫奪朱者，
風雨起蒼黃。

觸靈魂，
革思想，
換武裝。
光芒萬丈，
綱領堂堂十六章。
一鬥二批三改，

四海五湖小將，
三八作風強。
保衛毛主席，
心中紅太陽！

因為毛澤東的大字報當時沒有公開發表，所以郭沫若這首詞也無法公之於世，但此類歌頌文革的《水調歌頭》，他還寫了多首。比如，1966 年 9 月 9 日題為〈文革〉的一首：

文革高潮到，
不斷觸靈魂。
觸及靈魂深處，
橫掃幾家村。
保衛政權鞏固，
一切污泥濁水，
蕩滌不留痕。
長劍倚天處，
高舉劈昆侖。

鏟封建，
滅資本，
讀雄文。
大鳴大放，
大字報加大辯論。
大破之中大立，
破盡千年陳腐，
私字去其根。

一唱東方曉，
紅日照乾坤。

又比如 1966 年 11 月 28 日毛澤東八次檢閱紅衛兵後寫的〈大
民主〉：

首創大民主，
舉國串連來。
眾水朝宗大海，
浩浩起風雷。
八道紅流滾滾，
萬歲聲濤澎湃，
滌蕩長安街。
地上太陽喜，
天上太陽陪。

大檢閱，
大鍛煉，
大旋回！
精神導彈，
鼓動群生破舊胎。
發展馬恩理論，
擴大列斯光烈，
粉碎帝修圈。
宇宙春回了，
爛漫百花開。

郭沫若對黨內鬥爭的情況，未必完全瞭解。不明就裏，還要寫
詩詞表態，未免可悲。當時全黨全國對毛澤東都處於盲目崇拜之

中，這不能看成是郭沫一個人的失誤。直到文革後期，郭沫若又發表了一首〈水調歌頭‧慶祝無產階級文化大革命十周年〉：

> 四海《通知》遍，
> 文革捲風雲。
> 階級鬥爭綱舉，
> 打倒劉和林。
> 十載春風化雨，
> 春見山花爛漫。
> 鶯梭織錦勤。
> 苗苗新苗壯，
> 天下凱歌聲。
>
> 走資派，
> 奮螳臂，
> 鄧小平。
> 妄圖倒退，
> 奈「翻案不得人心」，
> 「三項為綱」批透，
> 復辟罪行怒討。
> 動地走雷霆。
> 主席揮巨手，
> 團結大進軍。

這首詩發表五個月後，中國政治格局發生了重大變化。毛澤東去世了，江青等人被捕，華國鋒上臺主政。郭沫若又寫了一首〈水調歌頭‧粉碎四人幫〉：

大快人心事，
揪出四人幫。
政治流氓文痞，
狗頭軍師張。
還有精生白骨，
自比則天武後，
鐵帚掃而光。
篡黨奪權者，
一枕夢黃粱。

野心大，
陰謀毒，
詭計狂。
真是罪該萬死，
迫害紅太陽。
接班人是俊傑，
遺志繼承果斷，
功績何輝煌。
擁護華主席，
擁護黨中央。

　　對這兩首詞，有研究者認為，前者失敗，後者成功。後者經豫
劇演員常香玉演唱後，流行一時，成為當時最具代表性的群眾歌
曲。但從藝術角度考察，郭沫若這兩首詞的風格並沒有什麼區別。
他在文革期間寫作的所有詩詞，風格上都是一脈相承的。教訓是否
是詩詞裏運用了過多的政治概念呢？其實，政治概念入詩，並非一
概敗筆。比如聶紺弩的「自由平等遮羞布，民主集中打劫棋」，李

銳的「文章自古多奇獄，思想從來要自由」，都是政治概念入詩，
不但無傷藝術，而且堪稱名句。上面所舉郭沫若的這些水調歌頭，
政治概念用得的確是過於生硬了一些，但其主要毛病還不是借用了
過多的流行政治口號，而實在是缺乏獨立思考。當然，特殊地位也
給他帶來了一些麻煩，每逢大事，就有黨報黨刊約請他寫詩表態，
他又不便推卻。要表態，只能按照當時的政治口徑來寫，詩詞成了
應景的手段，自然談不上有什麼個人的真性情。但這些詩詞，並不
都是應約而作。比如歌頌〈炮打司令部〉那首，就可以推斷是郭老
主動寫的。這是政治表態慣性使然吧。

《李白與杜甫》

　　《李白與杜甫》是郭沫若生前發表的最後一部學術專著，醞釀於 1967 至 1968 年，寫成於 1969 年，曾用 16 開大字本少量印刷，1971 年 10 月由人民文學出版社正式出版。當時，中國正處於文化大革命中，幾乎所有學者都失去了發表學術著作的權利，郭沫若和章士釗能出版個人論著是極少的例外。這雖然是特殊的優待，自然免不了打上深深的「文革」印記。

　　比如此書第一節對陳寅恪的指責。陳寅恪在史學界的地位，當時一般讀者可能不清楚，郭沫若卻十分清楚。五十年代中國科學院成立三個歷史研究所時，曾計畫讓陳當第二歷史研究所即中古所所長，陳以請求允許不宗奉馬克思主義而婉拒。這種態度不免使當時身兼中國科學院院長、哲學社會科學部主任和第一歷史研究所所長的郭沫若感到難堪。因此，郭沫若的《李白與杜甫》雖說講的是學術問題，但言詞之間也有鞭屍的意味。諸如說陳「以訛傳訛」，「他的疏忽和武斷，真是驚人」等等。陳寅恪在文革初期因挨整病故，對此，郭不一定知道。但陳寅恪在這時有沒有發表文章的機會和答辯的權利，郭沫若卻十分清楚。唐代歷史正是陳寅恪的專長，趁他無法回應，就在他的專長領域教訓他一番吧。

　　李白和杜甫都中國唐代大詩人，一個被稱為詩仙，一個被稱為詩聖。他們都是中國古代詩歌藝術的傑出代表。原來郭沫若偏愛李白，而不甚喜歡杜甫，純屬於他個人的藝術趣味。不能因為杜甫在中國文學史上地位很高，就強求每個詩人、每個讀者都喜歡他。這

本書的基調恰恰是褒李貶杜，而貶杜在當時還是引起了讀者的非議。文革結束後，更有蕭滌非、李汝倫、陳榕甫等公開著文批評。也有一些論者為郭老辯解。這本書到底怎麼樣，不妨還是以人們比較熟悉的〈茅屋為秋風所破歌〉為例，看看郭沫若在書中是怎樣解讀杜甫的吧。杜甫的原詩是：

> 八月秋高風怒號，
> 捲我屋上三重茅。
> 茅飛渡江灑江郊，
> 高者掛罥長林梢，
> 下者飄轉沉塘坳。
> 南村群童欺我老無力，
> 忍能對面為盜賊。
> 公然抱茅入竹去，
> 唇焦口燥呼不得。
> 歸來倚杖自歎息，
> 俄頃風定雲墨色，
> 秋天漠漠向昏黑。
> 布衾多年冷似鐵，
> 嬌兒惡臥踏裏裂。
> 床頭屋漏無乾處，
> 雨腳如麻未斷絕。
> 自經喪亂少睡眠，
> 長夜沾濕何由徹？
> 安得廣廈千萬間，
> 大庇天下寒士俱歡顏，
> 風雨不動安如山！

嗚呼，

何時眼前突兀見此屋？

吾廬獨破受凍死亦足！

　　郭沫若分析：「詩人說他所住的茅屋，屋頂的茅草有三重。這是表明老屋的屋頂加蓋過兩次。一般地說來，一重約有四、五寸厚，三重便有一尺多厚。這樣的茅屋是冬暖夏涼的，有時比起瓦房來還要講究。茅草被大風刮走了一部分，詩人在怨天恨人。

　　「使人吃驚的是他罵貧窮的孩子們為『盜賊』。孩子們拾取了被風刮走的茅草，究竟能拾取得多少呢？虧得詩人大聲制止，喊得『唇焦口燥』。貧窮的孩子們被罵為『盜賊』，自己的孩子卻是『嬌兒』。他在訴說自己的貧困，他卻忘記了農民們比他窮困百倍。

　　「異想天開的『廣廈千萬間』的美夢，是新舊專家們所同樣樂於稱道的，以為『大有民胞物與之意』，或者是『這才足以代表人民普遍的呼聲』。其實詩中所說的分明是『寒士』，是在為還沒有功名富貴或者有功名而無富貴的讀書人打算，怎麼能夠擴大為『民』或『人民』呢？農民的兒童們拿去了一些被風吹走的茅草都被罵為『盜賊』，農民還有希望住進廣廈裏嗎？那樣的『廣廈』要有千萬間『不知道要費多大的勞役，詩人恐怕沒有夢想到吧？』」[1]

　　杜甫這首千百年來令無數讀者深深感動的名詩，就這樣被郭沫若用階級鬥爭的照妖鏡照成了醜八怪。

　　這種大批判思維，在文革中並不稀奇。郭沫若用在杜甫身上，不過是受時代病的傳染而已，本不值得大驚小怪。但同樣是這本書，對李白怎麼不去上綱上線呢？這僅僅是郭沫若個人偏愛所致

---

[1]　郭沫若《李白與杜甫》第 138 頁，人民文學出版社，1971 年。

麼？有人認為這與毛澤東喜歡三李（李白、李賀、李商隱）有關。
能說一點影子也沒有嗎？

最後的考古

　　文革初期，中國的科學文化事業陷入全面停頓狀態。在破「四舊」的風景中，在歷史虛無主義思潮支配下，一些青年受「破四舊，立四新」的口號蠱惑，摧毀了許多珍貴文物。不過，在整個「文革」過程中，文物和考古又成為較早恢復業務的領域。這固然與當時的外交需要有關，其中，郭沫若兼國家領導人與考古專家於一身這種特殊的身份，也為文物考古業務的恢復起到了獨特的促進作用。

　　1967 年 7 月 22 日，郭沫若就出土文物出國展覽之事，寫信請示周恩來。信中提出將《考古學報》、《文物》、《考古》三種雜誌復刊，以應國內外之需要。兩天後，周恩來批復給有關部門辦理。所以，「文革」初期，各種專業學術刊物幾乎全面停頓，這三種刊物最先得到了恢復。

　　1968 年 7 月 22 日，在部隊衛護下，郭沫若赴河北滿城漢墓發掘現場。

　　1972 年郭沫若的《出土文物二三事》一書出版。

　　今天在肯定郭沫若為「文革」中恢復文物考古事業做出的獨特貢獻的同時，也應當看到，把文物考古事業捆在「文化大革命」的戰車上，難免會讓考古的科學精神走調變味。比如，按照郭沫若給周恩來的建議，1971 年在北京故宮舉辦了「無產階級文化大革命期間出土文物展」，有兩件被郭沫若命名為「坎曼爾詩箋」的文書在其中展出，一是署著「坎曼爾元和十五年抄」的白居易〈賣炭翁〉詩，另一是注明寫於元和十年的三首詩，原詩是：

《憶學字》：

> 古來漢人為吾師，
> 為人學字不倦疲。
> 吾祖學字十餘載，
> 吾父學字十二載，
> 今吾學之十三載。
> 李杜詩壇吾欣賞，
> 訖今皆通習為之。

《教子》：

> 小子讀書不用心，
> 不知書中有黃金。
> 早知書中有黃金，
> 高招明燈念五更。

《訴豺狼》：

> 東家豺狼惡，
> 食吾饢飲吾血。
> 五穀未離場，
> 大布未下機，
> 已非吾所有。
> 有朝一日，
> 天崩地裂豺狼死，
> 吾卻雲開復見天。

　　郭沫若為此還寫了論文〈《坎曼爾詩箋》試探〉發表在《文物》
1972年第二期上。文中說：

坎曼爾這位兄弟民族的古人是值得我們尊敬的，他既抄存了
白居易有進步意義的〈賣炭翁〉，又還有他自己做的痛罵惡
霸地主的〈訴豺狼〉，有這雙重保證，無論怎麼說，他應該
是一位進步的積極分子。還有他那種民族融洽的感情也是高
度令人感動的。狹隘的民族主義或大民族主義，在他的心坎
中，看來是完全冰消雪化了。[1]

　郭沫若的稱讚，自然引起了全社會的重視，這些詩不但出現在
各種報刊雜誌書籍上，還被選入中小學課本。但是，其真偽一直受
到學界的質疑。歷史學家張政烺當時就提出三點懷疑，說明詩箋不
是唐代文書。 一是文書中竟有 50 年代中期才推行的簡化字；二是
文書中的字體不會出現在明萬曆年間以前；三是有些詞語不是唐代
所能有的。前蘇聯報刊也發表文章，指出文書背面的察合台文是一
種古維吾爾文，始創於 13 世紀，比唐開元年晚 400 年，同一張紙
正反面文字相差 400 年以上說不通。後來，其他學者也提出質疑。
最後，學者楊鐮經過調查，得證此所謂唐代文書，乃新疆自治區博
物館某工作人員於 20 世紀 60 年代初偽造的。偽造者雖已去世，但
代其抄寫者講述了事情的經過，解開了這個謎。

　在這個問題上，看來郭沫右是上當了。這種事情固然有讓人難
料的一面，但急於讓考古服務於現實政治，使有些本來可以憑歷史
知識發現的蛛絲螞跡，都忽略掉了，這不能不說是一個遺憾。

---

[1]　楊鐮《坎曼爾詩箋》，丁東編《反思郭沫若》第 179 頁，作家出版社，
1999 年。

孔夫子和秦始皇

　　郭沫若原來是尊孔的。五四時代，「打倒孔家店」是一個響亮的口號。郭沫若卻有不同的看法。他在給宗白華的信中說：「孔子這位大天才要說他是政治家，他也有他的『大同』底主義；要說他是哲學家，他也有他的『泛神論』底思想；要說他是教育家，他也有他的『有教無類』、『因材施教』底動態的教育原則；要說他是科學家，他本是個博物學者，數理的通人；要說他是藝術家，他本是精通音樂的；要說他是文學家，便單就他文學上的功績而言，孔子的存在，便是難推倒的：他刪《詩》、《書》，筆削《春秋》，使我國古代文化有系統的存在，我看他這種事業，非是有絕倫的精力，審美的情操，藝術批評的妙腕，那是不能企冀得到的。……要說孔子是個『宗教家』、『大教主』，定要說孔子是個中國的『罪魁』、『盜丘』，那是未免太厚誣古人而欺示來者。」[1]

　　20世紀40年代，郭沫若發表了〈十批判書〉，更加系統地表達了肯定孔子思想的觀點：「孔子是由奴隸社會變成封建社會的那個上行階段中的先驅者」，「孔子的立場是順乎時代的潮流，同情人民解放的。」同時，他還對秦始皇進行了尖銳的批判，認為「秦始皇統一中國是奴隸制的迴光返照」。這種見解和他的「人民本位」歷史觀是一致的。他提出這些見解，一方面出於他原有的學術信念，同時也是有意用秦始皇來影射蔣介石，批評蔣的獨裁政治。

---

[1]　季國平《毛澤東與郭沫若》第321頁，北京出版社，1998年。

　　當時，毛澤東也認為「孔孟有一部分真理」，不贊成簡單地打倒孔家店。但中華人民共和國成立以後，毛澤東成了至高無上的一國之尊，他按照自己的政治需要，愈來愈明確地肯定秦始皇，否定孔夫子。

　　1958 年，毛澤東在中共八大二次會議上說：「我跟民主人士辯論過，你們罵我們是秦始皇，不對，我們超過秦始皇一百倍。罵我們是秦始皇，是獨裁者，我們一概承認。可惜的是，他們說得不夠，往往還要我們加以補充。」

　　1964 年 6 月，毛澤東又說：「秦始皇是第一個把中國統一起來的人物，不但政治上統一中國，而且統一了中國的文字，中國的各種制度如度量衡，有些制度後來一直沿用下來。中國過去的封建君主還沒有第二個人超過他的。」

　　1968 年 10 月，在中共八屆十二中全會上，毛澤東說：「我這個人有點偏向，不那麼喜歡孔夫子。贊成說他代表奴隸主、舊貴族的觀點，不贊成說他代表新興地主階級。因此郭老的〈十批判書〉崇儒反法，我也不那麼贊成。

　　發生「林彪事件」以後，毛澤東又說：「秦始皇是中國封建社會第一個有名的皇帝，林彪罵我是秦始皇。中國歷來有兩派，翻兩番，一派講秦始皇好，一派講秦始皇壞。我贊成秦始皇帝，不贊成孔夫子。」毛澤東還說自己是「馬克思加秦始皇。」

　　毛澤東的這些話，當然會傳到郭沫若的耳朵裏。於是郭沫若不斷調整自己的觀點。原先他曾把中國古代社會奴隸制與封建制的分期放在秦漢之交，1950 年代他改為春秋戰國之交，這樣秦始皇就不再是沒落的奴隸主階級的代表，而成為新興封建階級的代表。同時，他又為中國歷史被認為是暴政的統治者商紂王、曹操、武則天等一一翻案，以呼應毛澤東的思路。但是，直到「文革」當中，他還沒有來得及完全把自己的觀點由尊孔變為反孔，由反秦變為尊

秦。到「批林批孔」運動時，毛澤東還是把郭沫若當成了贊成孔夫子反對秦始皇的代表。1973 年 7 月 4 日，他對王洪文和張春橋說：「郭老在〈十批判書〉裏頭自稱人本主義，即人民本位主義，孔夫子也是人本主義，跟他一樣。郭老不僅是尊孔，而且是反法。尊孔反法，國民黨也是一樣啊！林彪也是啊！我贊成郭老的歷史分期，奴隸制以春秋戰國之間為界。但是不能大罵秦始皇。」[2]隨後，江青在 1974 年 1 月 25 召開的批林批孔動員大會上作了發揮：「對郭老，主席是肯定的多，大多數是肯定的，郭老功大於過，郭老對分期，就是奴隸和封建社會的分期，是有很大的功勞的。他有一本書，《奴隸制時代》。郭老對紂王的翻案、郭老對曹操的翻案，這都是對的，而且最近還立了一個大功，就是考證出李白是碎葉人。碎葉在哪兒呢？就在阿拉木圖，就是說，那些地方原來是我們的。郭老的功勳是很大的，這點應該同志們知道。他這個〈十批判書〉是不對的。」「他對待孔子的態度，同林彪一樣」。[3]

此前，1973 年 5 月毛澤東寫了一首五言詩：

> 郭老從柳退，
> 不及柳宗元。
> 名曰共產黨，
> 崇拜孔二先。

同年 8 月 5 日，又讓江青記錄下他的七律〈讀《封建論》，贈郭老〉：

> 勸君少罵秦始皇，
> 焚坑事件要商量。

---

[2] 季國平《毛澤東與郭沫若》第 321 頁，北京出版社，1998 年。
[3] 季國平《毛澤東與郭沫若》第 327 頁，北京出版社，1998 年。

> 祖龍魂死業猶在，
> 孔學名高實秕糠。
> 百代多行秦政制，
> 十批不是好文章。
> 熟讀唐人封建論，
> 莫從子厚返文王。

　　毛澤東作此二詩，意在發動「批林批孔」，一改過去與郭沫若談詩論藝的客氣口吻，再也沒有什麼商量的餘地了。當然，對於郭沫若本人，他還是保護的，在發動「批林批孔」時，他還特別囑咐謝靜宜：「別批郭老啊！」[4]

　　面對一言九鼎，對他又批又保的的毛澤東，郭沫若只得小心地迎合。他以〈春雷〉為題，作七律一首：

> 春雷動地布昭蘇，
> 滄海群龍競吐珠。
> 肯定秦皇功百代，
> 判宣孔二有餘辜。
> 十批大錯明如火，
> 柳論高瞻燦若朱。
> 願與工農齊步伐，
> 滌除污濁繪新圖。

　　就這樣，郭沫若一生對孔子的基本見解，轉了一個 180 度的大彎，他對秦始皇的批判也完全拋棄了。只是在張春橋到他家當面指責他抗日戰爭時的論著是王明路線的產物時，他才為自己的初衷作

---

[4]　季國平《毛澤東與郭沫若》第 326 頁，北京出版社，1998 年。

了辯解：「我當時是針對蔣介石的」。張春橋要他撰寫「批宰相」，他也拒絕了。但直到毛澤東逝世一年以後，郭沫若仍然寫詩讚揚毛澤東對他的批評：

> 形象思維第一流，
> 文章經緯冠千秋。
> 素箋畫出新天地，
> 赤縣翻成極樂洲。
> 四匹跳樑潛社鼠，
> 九旬承教認孔丘。
> 群英繼起完遺志，
> 永為生民袪隱憂。

又過了不到一年，郭沫若也與世長辭了。在最後的歲月，他是真心改變了自己對孔子和秦始皇的學術觀點，還是言不由衷地表態，人們就不得而知了。

灰撒大寨

　　郭沫若去世前，囑咐家人，死後把骨灰撒到大寨肥田。據于立群回憶：

　　四、五月間，沫若的病情幾次惡化。

　　他要孩子們把科學大會上華主席關懷他的照片好好珍藏起來。

　　他把我和孩子叫到身邊，要我們記下他的話：

　　「毛主席的思想比天高，比海深，照毛主席的思想去做，就會少犯錯誤。」

　　「對黨的關懷，我特別感謝，我在悔恨自己為黨工作得太少了。」

　　「我死後，不要保留骨灰。把我的骨灰撒到大寨，肥田。」

　　他的願望得到了滿足，大寨的虎頭山上，至今給他立著石碑。

　　先哲去世，有的把骨灰撒入大江大海，有的撒入高山大地，這都可以表明胸懷的廣闊。既便是魂歸故里，也是人之常情。

　　而郭沫若卻選擇了大寨。

　　說起來，郭沫若和大寨的因緣，可以追溯到 1965 年冬天他赴山西參觀農村社教工作。當時他已 73 歲。次年元旦，他在《光明日報》發表舊體詩 18 首，總題〈大寨行〉。其中一首寫道：

　　　　全國學大寨，
　　　　大寨學全國。
　　　　人是千里人，

> 樂以天下樂。
> 狼窩變良田，
> 凶歲奪大熟。
> 紅旗毛澤東，
> 紅遍天一角。

後有友人向他求字，他多次書寫了這首詩，說明他頗為自得。

灰撒大寨，自有郭沫若的動機。雖然他沒說，但我們可作一些推測。「文革」十年，白雲蒼狗，無數次風雲變幻，惟有大寨紅旗不倒。毛澤東去世後，華國鋒又接過了這面旗幟，他擔任中共中央主席後召開的第一個全國性大會就是第二次農業學大寨會議。大寨在中國政治經濟生活中的特殊地位在毛澤東身後得到了空前的強調。農業學大寨、工業學大慶當時被視為新長征的國策。連葉劍英元帥都親赴大寨參觀賦詩。或者說，大寨這面旗幟舉不舉，是檢驗「後毛澤東時代」執行不執行「兩個凡是」策略的重要標誌。郭沫若自然仍不肯落後，於 1977 年 2 月 6 日又作〈望海潮〉一闋，再頌〈農業學大寨〉──

> 四凶粉碎，
> 春回大地，
> 凱歌入雲端。
> 天樣紅旗，
> 迎風招展，
> 虎頭山上蹁躚。
> 談笑拓田園，
> 使昆侖俯首，
> 渤海生煙。
> 大寨之花，

神州各縣，
遍地燃。

農業糧食攸關，
輕工業原料，
多賴支援。
積累資金，
繁榮經濟，
重工業基礎牢堅，
主導愈開展，
無限螺旋。
正幸東風力飽，
快馬再加鞭。

　　詩人畢竟到了暮年，格律雖然爛熟於心，激情卻已不再，只能給人一種表態的印象。

　　這年 12 月，畫家關良畫了一幅〈魯智深〉請郭沫若題字，郭沫若欣然命命筆：

神佛都是假，誰能相信它！
打破山門後，提杖走天涯。
見佛我就打，見神我就罵。
罵倒十萬八千神和佛，
打成一片稀泥巴。
看來禪杖用處大，
可以促進現代化，
開遍大寨花。

　　前面幾句都頗有激情，與畫意也相符，最後一句突然扯到大寨，和魯智深就風馬牛不相及了。足見大寨在郭沫若心中的特殊地位。

　　郭沫若逝世於 1978 年 6 月 12 日。他臨終時，中國還處在華國鋒被極力神化、大寨被極力宣揚的輿論氛圍中。他又能怎麼想，怎麼說呢？于立群的文章〈化悲痛為力量〉中說，他用盡全身的力氣囑咐我：『要相信黨。要相信真正的黨。要相信以華主席為首的黨中央。』沫若的呼吸愈來愈急促，而他的神志卻還是那樣安詳。萬萬沒料到，這竟是他留下的最後幾句話了」。周揚的文章〈悲痛的懷念〉中說，「到 12 日上午我再去看望郭老時，他已在彌留之際……于立群告訴我，郭老在昏迷中還念念不忘毛主席的教導，對以華主席為首的黨中央表示無限的信任與擁護。」對郭沫若在彌留之際能否說出這麼複雜的語言，研究者有不同看法。然而，「東風新有主」，「齊奮勉，學英明領袖，治國抓綱」——郭沫若在他的最後年月，對華國鋒保持與毛澤東同樣無保留的擁戴，卻是事實。

　　這種政治上緊跟的心理，只是第一層。問題還有更深的一層。從 20 世紀 40 年代，毛澤東就提出了知識份子改造理論。中華人民共和國成立以後，一次又一次的運動使知識份子原罪感日深一日。知識份子的出路，只有同工農相結合。郭沫若是從這些運動中一步一步帶頭走過來的。他是不是要以最後的行動，來證明自己工農化、勞動化的徹底性呢？雖然無法這樣定論，但其間分明存在著這種邏輯關係。有一位名叫黎煥頤先生就發表過這樣的評論——「是的，他的家鄉——生命的原發地：峨眉山水，似乎都不在他的眼裏，成了他的原罪之所，只有大寨這塊被他目為至高無上的神許為農村樣板的地方，才是他靈魂的歸宿地。」[1]

---

[1]　黎煥頤〈一道畸形的文化風景線〉，《隨筆》1998 年第 2 期。

郭沫若逝世後不到兩年，中國農村開始了大包乾的改革。農業學大寨運動中的極左錯誤也開始糾正。陳永貴辭去了黨和國家領導的職務，大寨走下了神壇，華國鋒也離開了領袖的寶座。

灰撒大寨，對於大寨來說，的確是豐富了當地的旅遊資源，但對於郭老本人來說，難免成為一個帶有喜劇色彩的話柄。

結束語

　　在 20 世紀的中國，郭沫若是一個產生了巨大影響的人物。說他是詩人、劇作家、散文家、歷史學家、考古學家、古文字學家、書法家，說他是革命家、政治家、國務活動家，都當之無愧。像他這樣學識淵博的文化通人是不多見的。然而在他的身後，對他的評價卻引起了巨大爭議。引起爭議的原因，主要是在人格方面。

　　20 世紀是一個政治鬥爭異常激烈異常複雜的世紀。中國知識份子不可避免地被捲入一次次政治鬥爭的漩渦之中，像郭沫若這樣參與性很強的知識份子，更難以置身事外。郭沫若的文化生涯，正是伴隨著複雜的政治鬥爭而展開的。他在北洋軍閥統治時代登上文壇，經過蔣介石國民黨統治時期，又進入毛澤東領導的「新中國」，逝世於毛澤東和鄧小平交替的華國鋒時期。在他的早年，對於政治權勢，特別是對於蔣介石的專制，他是敢於蔑視、勇於抗爭的。但自從加入了中國共產黨領導的文化戰線，尤其是抗日戰爭初期被共產黨冊封為文化旗手之後，他便自覺地成了共產黨的黨喇叭。中國共產黨在建黨之初就建立了嚴密的組織紀律，在掌握政權以後，特別是在毛澤東的晚年，以黨的領袖的是非為是非，對黨的領袖言聽計從，已經成為黨內的基本秩序。不論領袖的意志是否正確，都要求全體黨員和他保持一致。在這一點上，郭沫若不愧為一個忠誠的黨員，不愧為共產黨的機器上一顆合格的螺絲釘。在他身後，得到共產黨所給予的高度評價，也是順理成章的。然而，郭沫若不僅是一個政治家，革命家，同時又是一個作家、學者，是一個知識份子。

對於作家、學者、知識份子來說，歷史評價還有另一重文化尺度。這種文化尺度不光是看他的政治觀點，還要看他的文化選擇是否經得住歷史的考驗。知識份子應該是社會的良知，人格上應當保持獨立，精神上應當追求自由，應當有對國家對社會對人類的深切關懷。以這個標準來衡量，郭沫若的後半生就顯得很悲哀了。

當然，責任不應當完全歸究於郭沫若個人。郭沫若的晚年，不幸地處於中國大陸知識份子整體上被改造，精神被閹割的嚴酷環境中。造成這種狀況的原因，固然與中國的專制主義的傳統和史達林體制對中國的影響有關，更直接的原因是毛澤東的秦始皇情結，是他對知識和知識份子的總體偏見。遺憾的是，郭沫若的主導方面，不是疏離這種嚴酷的環境，而是順應和強化著這種嚴酷的環境。雖然，作為科學界和藝術界的領導人，郭沫若也關心、愛護過一些科學工作者和藝術工作者，也有過一些推動和保護科學研究和藝術創作的舉措，但是，從總體上講，他還是成為了知識界依附權勢的標兵和表率。這就是他的身前身後引起了許多負面評價的基本原因。

這本小書，不是郭沫若的完整傳記，也不是對郭沫若的全面研究，只是展示郭沫若人生長河中的若干側面，思考他的文化選擇和人格特徵；並通過郭沫若的人生際遇，反思 20 世紀中國知識份子的生存環境，為 21 世紀的中國知識界留下一點啟示和教訓。

參考文獻：

（1）《郭沫若全集》人民出版社 1982 年 9 月、人民文學出版社 1983 年
10 月第 1 版

（2）《沫若詩詞選》人民文學出版社 1977 年 9 月第 1 版

（3）郭沫若、周揚編《紅旗歌謠》，《紅旗》雜誌社 1959 年 9 月第 1 版

（4）黃淳浩編：《郭沫若書信集》，中國社會科學出版社 1992 年 12 月第
1 版

（5）黃淳浩編：《郭沫若自敘》，團結出版社 1996 年 4 月第 1 版

（6）蕭玫：《郭沫若》文物出版社 1992 年 11 月第 1 版

（7）《中國當代文學研究資料。郭沫若專集》四川人民出版社 1984 年 8
月第 1 版

（8）王訓昭等編：《郭沫若研究資料》中國社會科學出版社 1986 年 8 月
第 1 版

（9）龔育民、方仁念：《郭沫若傳》北京十月文藝出版社 1988 年 2 月第
1 版

（10）黃侯興：《郭沫若——青春型的詩人》山東人民出版社 1994 年 5 月
第 1 版

（11）夏衍：《懶尋舊夢錄》，三聯書店 1985 年 7 月第 1 版

（12）星村：《郭沫若的女性世界》中國社會出版社 1996 年 3 月第 1 版

（13）桑逢康：《郭沫若和他的三位夫人》海南出版社 1994 年 4 月第 1 版

（14）單演義、魯歌編注：《魯迅與郭沫若》徐州師範學院學報 1979 年
增刊

（15）錢理群：《天地玄黃》山東教育出版社 1998 年 5 月第 1 版

（16）曠新年：《革命文學》山東教育出版社 1998 年 5 月第 1 版

（17）李書磊：《走向民間》山東教育出版社 1998 年 5 月第 1 版

（18）季國平：《毛澤東與郭沫若》北京出版社 1998 年 2 月第 1 版

（19）金達凱：《郭沫若總論》臺灣商務印書館 1988 年 9 月第 1 版

（20）丁東編：《反思郭沫若》作家出版社 1999 年 1 月第 1 版

（21） 馮錫剛：《郭沫若的晚年歲月》，中央文獻出版社 2004 年 6 月出版

（22） 郭庶英：《我的父親郭沫若》遼寧人民出版社 2004 年 2 月出版

史地傳記類　PC0159

郭沫若的三十個剪影

作　　者 / 邢小群
主　　編 / 蔡登山
責任編輯 / 邵亢虎
圖文排版 / 黃莉珊
封面設計 / 干嵩賀

發 行 人 / 宋政坤
法律顧問 / 毛國樑　律師
印製出版 / 秀威資訊科技股份有限公司
　　　　　114 台北市內湖區瑞光路 76 巷 65 號 1 樓
　　　　　電話：+886-2-2796-3638　傳真：+886-2-2796-1377
　　　　　http://www.showwe.com.tw
劃撥帳號 / 19563868　戶名：秀威資訊科技股份有限公司
　　　　　讀者服務信箱：service@showwe.com.tw
展售門市 / 國家書店（松江門市）
　　　　　104 台北市中山區松江路 209 號 1 樓
　　　　　電話：+886-2-2518-0207　傳真：+886-2-2518-0778
網路訂購 / 秀威網路書店：http://www.bodbooks.com.tw
　　　　　國家網路書店：http://www.govbooks.com.tw
圖書經銷 / 紅螞蟻圖書有限公司
　　　　　114 台北市內湖區舊宗路二段 121 巷 28、32 號 4 樓
　　　　　電話：+886-2-2795-3656　傳真：+886-2-2795-4100

2011 年 6 月 BOD 一版
定價：240 元
版權所有　翻印必究
本書如有缺頁、破損或裝訂錯誤，請寄回更換

國家圖書館出版品預行編目

郭沫若的三十個剪影 / 邢小群著. -- 一版.
-- 臺北市：秀威資訊科技, 2011.06
　面；　公分
BOD 版
ISBN 978-986-221-750-4 (平裝)

1. 郭沫若　2. 中國文學　3. 文學評論

848.7　　　　　　　　　　100007838

讀 者 回 函 卡

感謝您購買本書，為提升服務品質，請填妥以下資料，將讀者回函卡直接寄
回或傳真本公司，收到您的寶貴意見後，我們會收藏記錄及檢討，謝謝！
如您需要了解本公司最新出版書目、購書優惠或企劃活動，歡迎您上網查詢
或下載相關資料：http:// www.showwe.com.tw

您購買的書名：＿＿＿＿＿＿＿＿＿＿＿＿＿＿＿＿＿＿＿＿＿＿＿＿＿

出生日期：＿＿＿＿＿年＿＿＿＿＿月＿＿＿＿＿日

學歷：□高中 (含) 以下　　□大專　　□研究所 (含) 以上

職業：□製造業　□金融業　□資訊業　□軍警　□傳播業　□自由業
　　　　□服務業　□公務員　□教職　　□學生　□家管　□其它＿＿＿

購書地點：□網路書店　□實體書店　□書展　□郵購　□贈閱　□其他

您從何得知本書的消息？

　□網路書店　□實體書店　□網路搜尋　□電子報　□書訊　□雜誌
　□傳播媒體　□親友推薦　□網站推薦　□部落格　□其他＿＿＿＿＿

您對本書的評價：（請填代號　1.非常滿意　2.滿意　3.尚可　4.再改進）

　封面設計＿＿＿　版面編排＿＿＿　內容＿＿＿　文／譯筆＿＿＿　價格＿＿＿

讀完書後您覺得：

　□很有收穫　□有收穫　□收穫不多　□沒收穫

對我們的建議：＿＿＿＿＿＿＿＿＿＿＿＿＿＿＿＿＿＿＿＿＿＿＿＿

＿＿＿＿＿＿＿＿＿＿＿＿＿＿＿＿＿＿＿＿＿＿＿＿＿＿＿＿＿＿＿＿

＿＿＿＿＿＿＿＿＿＿＿＿＿＿＿＿＿＿＿＿＿＿＿＿＿＿＿＿＿＿＿＿

＿＿＿＿＿＿＿＿＿＿＿＿＿＿＿＿＿＿＿＿＿＿＿＿＿＿＿＿＿＿＿＿

11466

台北市內湖區瑞光路 76 巷 65 號 1 樓

秀威資訊科技股份有限公司 收

BOD 數位出版事業部

....

（請沿線對折寄回，謝謝！）

姓　　名：＿＿＿＿＿＿＿＿＿　年齡：＿＿＿＿＿　性別：□女　□男

郵遞區號：□□□□□

地　　址：＿＿＿＿＿＿＿＿＿＿＿＿＿＿＿＿＿＿＿＿＿＿＿

聯絡電話：(日)＿＿＿＿＿＿＿＿＿＿　(夜)＿＿＿＿＿＿＿＿＿＿

E-mail：＿＿＿＿＿＿＿＿＿＿＿＿＿＿＿＿＿＿＿＿＿